世界真好　因为有你

俞春霞 著

ARTTIME 时代出版
时代出版传媒股份有限公司
安 徽 文 艺 出 版 社

图书在版编目（CIP）数据

世界真好，因为有你 / 俞春霞著 . -- 合肥 : 安徽文艺出版社 , 2024. 12. -- ISBN 978-7-5396-8243-3

Ⅰ. I267

中国国家版本馆 CIP 数据核字第 2024YA2009 号

世界真好，因为有你

SHIJIE ZHEN HAO，YINWEI YOU NI

出 版 人：姚　巍

责任编辑：李　芳　秦知逸　　　　装帧设计：墨君笙传媒

出版发行：安徽文艺出版社　www.awpub.com

地　　址：合肥市翡翠路 1118 号　邮政编码：230071

营 销 部：(0551) 63533889

印　　制：天津鸿景印刷有限公司 022-29644216

开本：710 × 1000　1/16　印张：19　字数：210 千字

版次：2024 年 12 月第 1 版

印次：2024 年 12 月第 1 次印刷

定价：59.80 元

在时间里

我们都只是一片叶子

不管当下多么鲜绿

有一天我们都会不自觉地被挤到时间之外

也因此，遇见你

让我觉得

世界

如此美好

这是春霞的大麦地

王君

一

这几年的春霞，一直在路上。

她终于还是学我，选择了漂泊和流浪。

从扬州到东莞，从东莞到苏州，她终于成了一个有故事的人。

但是我知道，这些故事，有面朝大海春暖花开的，更有山穷水尽险象环生的。这就是漂泊和流浪的宿命。我是如此，春霞也是如此。

诗和远方，未必能打败眼前的苟且。云里写诗的浪漫，未必能够规避泥里生活的狼狈。

但幸好，春霞一直在写，一直在写，从来没有停下来过。

二

有一次，我在学校上大型公开课《诗》。我寻找了很多校园生活的素材，请朋友们帮忙创作诗歌，然后在这堂课中朗诵，给学生做示范。

给春霞的，是疫情防控期间，校长带领我们一帮中老年教师在校园八卦桌周围唱歌跳舞的小视频。

春霞的创作很惊艳。她是这样写的：

青春的回答

八卦桌前坐定
不聊八卦
只聊头顶的新月
枝头的花苞和她们的悄悄话

一只小小的口琴
吹醒遥远的歌谣
青春连接着白发

笑容绽放像勃发的藤蔓
不老
舞姿摇曳像穿越的钟摆
恰恰

防控封不住恣肆的歌声
隔离隔不断欢畅的舞步

一群半百的少年
在春天的晚风中做一个
关于青春的回答

我想，这首诗也是春霞的回答：关于流浪，关于岁月，关于青春，关于成败……

在这堂课中，我说："诗意的基础修炼，是追求诗意的语言表达；诗意的中级修炼，是发现和赞美诗意生活；诗意的高级修炼，是把自己的生活变成诗。"

我知道春霞最懂。

在这堂课中，我说："诗形，可长可短，可整可散，可俗可雅，可咸可甜。诗心，必温必暖，必美必善，必柔必坚，必真必深。"

我知道春霞最懂。

在这堂课中，我说："所谓诗人，就是敏锐的趣味发现者和美妙的语言表达者。"

我知道春霞最懂。

因为，她就是这样的人。

三

这些年，我知道，在春霞和生活过招的过程中，写作是她的战场，更是她的花园。这本书中的文字，便是她花园里的花花草草。

它们不是她和生活的对抗，而是她和生活的和解；不是她的恨，而是她的爱。可能也有她的痛，但这些痛，也是甜蜜的、柔软的。

我也是爱写作的人。我知道，一个人只要能够写作，那他就能够从丢盔弃甲的状态进入放下盔甲的状态。丢盔弃甲往往是被动的，退却的；但放下盔甲，则往往是主动的，是进取的。

我的头脑中无数次出现过春霞写作的情景：朝霞满天，她写；残阳如血，她写；春风骀荡，她写；狂风骤雨，她写……

一个还能写作的人，就不会彻底输。

因为写作，从来都意味着梳理，意味着创造，更意味着重生。

我们说，用文字打败时间，就是这个道理。

四

关于写作，有些描述，深得我心：

比如严歌苓说：

写作之于我，便是一种秘密的过瘾。我每天写作，就是图这份浓烈。一连多日不写，就如半打盹儿地过活，新陈代谢都不对了，完全像犯了毒瘾的人。对我来说，生命一天不达到那个浓度和烈度，没有到达那个敏感度、兴奋点，瘾就没过去，那一天就活得窝囊。

比如宗璞说：

写小说，不然对不起沸腾过随即凝聚在身边的历史；
写散文，不然对不起流淌在胸间的万般感受；
写童话，不然对不起眼前的光怪陆离的幻象；
写短诗，不然对不起耳畔琤琮变化的音符。
我写，因为我有；
我写，因为我爱。

是谁说的呢？我记不得了。她说：

是的，写作和阅读是一件漫长的事，如果成为生命中的一部分，这样的生命会妙不可言。写作不一定要成为职业，或者让你过分热爱，但是它一定可以改变你的气场。如果你是写作的植物，你的叶片与经脉会有着与众不同的芬芳。

我写，是因为我有；
我写，更是因为我爱。
春霞的年级，级刊名字叫《大麦田》。我非常喜欢这个名字。
祝愿我们的春霞，继续写下去。
在自己的战场上写，在自己的花园里写，更在自己的大麦田里写。

一直写到春霞烂漫，生命如花，写到自己成长为地里的大麦，蓊蓊郁郁，生生不息。

2024 年 7 月 9 日写于重庆綦江横山

（王君：清华大学附属中学语文特级教师。入选“百年中国语文人”，入选“百年语文教改博物馆”，首届全国中语十大学术领军人物，全国教育改革先锋教师。省级优秀班主任。中华人民共和国教育部首届国家级教学成果奖获得者；“语文湿地”创建者，“青春语文”研究者，“青春语文”名师工作室主持人。出版专著 25 部。人大复印资料全文转载文章 24 篇。其语文教学探索和班主任工作探索在全国都有广泛影响。）

目　　录

第三辑　回忆，静默成金

第四辑　经典，用心聆听

第五辑　相遇，彼此成全

第六辑　诗歌，人生底色

第七辑　成长，路在延伸

叶与鱼的前生今世

前生

我一定是这河边老树上的一枚叶

为了成为他眺望的眼

我把自己顺着水流飘零到远方

今生，我成了一尾鱼

路过那棵老树的身旁

看着他把身子前倾

向着远方张望

不明所以

只看见他的影子在水中与我重叠

分明地我就是这树上的叶

我想游向那棵树

岸——

却阻隔成永恒的

距离

第一辑　家园，沾满泥土

泥　地

早霞晚霞升落
好像旗帜飞扬
候鸟被它们吸引
告别草滩、苇塘——
大群大群升起，飞向春的家乡

——顾城

泥地。

女孩孤独的小身影晃荡在放学回家的田埂上，她有的是法子自己跟自己玩，头上的蝴蝶结从马尾辫上褪下，她把蝴蝶结悄悄放在泥地上，像开在泥土上的一朵红艳艳的花。女孩开始走她的路了，刚走了一小段，她又跑回来拾取蝴蝶结，然后又放在下一个路段，走一段又奔回去取，不长的田埂能被她来来回回拉长好几倍。偶尔田间有鸥鹭飞起，或者看见外公放的风筝，她会仰着脖子一直看半天，直到脖子僵硬了，她才想起来要回家了，而那个蝴蝶结就遗忘在不知道哪段的泥地里，静穆得真是泥地里开出的一朵红艳艳的花……

咦，自家田里一个熟悉的身影。

“公公——”

“唉，我家春霞放学啰——”

“嗯。”

简短的对话后，女孩回家了。她不时回望着田地里的使她感到无比亲切的身影。打小她就知道，外公很“怪”，请他吃饭左请不来，右请不来。家里农忙了，不用请，外公掐着时间点就牵着他的牛来了，甚至不用招呼，就下地了。“嗒起——嗒起——”外公吆喝牛的声音响彻了整块田地，也响彻了她小小的心田。

泥地。

大雨倾盆。女孩撑一把大的阳伞，上面写有她的名字：俞春霞。那遒劲的笔迹是爸爸的，此刻更遒劲的是四遭的风，一阵风起，女孩连人带伞栽进了田里。为了不让伞被风刮走，女孩拼尽了全力。从田地里拔身出来，瑟抖抖、湿漉漉地进了外婆的家门。外婆屋里燃着香，外婆可喜欢燃香了，也很奇怪，女孩一闻到屋里的檀香味，就觉出身与心的恬静。外婆家那时的屋子很简陋，低矮的四间平房，前门后门裹着外公亲手打的草帘，屋里暖和极了。很快她就换上了小姨的衣服，坐在桌子前享受外婆做的最美味的韭菜鲜肉饺子。

“婆婆，你做的饭菜怎么都这么好吃？”

“呵呵，好吃吧？好吃就天天来。”

“嗯。”

泥地。

女孩用家里准备盖新房的砖头在屋前的泥地里堆砌一个二层的小灶台，她想跟小伙伴们玩过家家的游戏。她正蹲着学着爸爸大瓦工的样思量着怎么弄才更好。爷爷从屋里出来了，脸上带着笑，神神秘秘的。“春霞，你来，爹爹唱个《麒麟颂》给你听。”女孩一骨碌站起来，跑到爷爷身边。爷爷开口唱了，眉梢挑动着，脸上的皮褶里都裹着笑。爷爷嗓子里出来的声音像是蚊子的“嗡嗡嗡”，完全没有韵律。她一句也没听懂，也实在没觉得有什么好听，她只是觉得好笑：爷爷边唱，边拿眼睛瞥着屋子里头，他生怕奶奶听见。“老俞永发啊——”奶奶的声音起来了，“你又在干什么呢，一天到晚没个正行……”“哦哦，小宏妈，我跟春霞说会儿话，马上就来家哦。”爷爷一转身人影就不见了。

泥地。

尘土飞扬，新月一弯。女孩跟随奶奶到红庄去吃酒，红庄是奶奶的妹妹家，去那里需要渡河，需要走好长好长的泥路。回来的时候，已经暮色当空。行至摆渡口，看不到摆渡的人。“喂——渡河哦——”奶奶撩起一嗓子。过了好一会儿，“哗哗哗”的水声近前，摆渡的人来了。在泥路和船之间有一道高高的木桥，需爬上去再下到船中。小孩子最喜欢走木桥了，月色明晃晃的，水色也明晃晃的，孩子的眼睛里也是明晃晃的。“嘎吱——嘎吱——”船随篙声渐渐行至水心。新月在水中变形，似一个夸张的谁的笑。到了对岸，还有一段长长的泥路，只待双脚去踏磨。因为身边有奶奶，女孩一路向前不曾喊累。

泥地。

还是有月色的夜晚。女孩和同庄台的远高——一个比她高一年级的男生，一前一后走着。他们刚从县里的运动会上回来。女孩发现她实在拖不动自己的腿，比赛的时候就觉得不对劲了，腿似乎是别人的，手臂也是别人的，都不听指使了，所有的动作都似电影里的慢镜头，她不敢跟老师说，勉强支撑着跑下来了。“等等我好吗？”终于女孩忍不住说。她害怕一个人落在后面，可她又实在跟不上远高急速的脚步。到家了，女孩看见妈妈，有气无力地扑倒在妈妈的怀抱：“妈妈，我使不上劲。”妈妈一下子就发现了异常。灯光下，妈妈搂着女孩，翻看了一下她的眼睛：不好，春霞得了肝炎了。那一夜，女孩睡得好沉好沉，似乎夜永远不会醒似的。第二天一早，妈妈带女孩去医院，夏先生一撺上眼，就对女孩说：“孩子啊，你要请假啰。”妈妈问：“真是肝炎？”“嗯，急性黄疸肝炎。”……夏先生是女孩他们这一带最受信任和尊敬的医生，他告诉妈妈，女孩的病是每天狂跑累的，免疫力低了……妈妈说：“可不是？每天早饭不吃就开始跑了，孩子都跑伤了。”女孩知道蓄在眼眶中的眼泪就快要决堤了，她悄悄乘着大人在谈话的过程中溜了出去。在医院的后门，她躲在那里，无声地抽噎。不为她的病，为的是她要缺课了，她不想成为落后生。妈妈寻过来了，一下子就懂了："乖，不要担心啦，就停一个月不到，妈妈问过医生了，好得快的话，这个时间都不需要。"

泥地。

家里多了两个穿胶鞋的一男一女的陌生人。一看就知道刚从泥泞的路上赶来，鞋子上满是烂泥。妈妈认识他们，说是外地到这里来放西瓜（种瓜卖瓜）的，赶到她家不为别的，只为了看一会儿电视。夜色很深了，那两位还不见起身。女孩已经累得不行，爸爸不在家，哥哥也在外地上学，就她和妈妈在家。她思量着妈妈不好赶人家走，人家也是难得来看一会儿电视，似乎还赶了不短的路，但是女孩又想，如果她去睡觉了，这两个人起了坏心怎么办？绝不能留妈妈孤孤单单一个人。女孩强撑着暗自和瞌睡虫较量着。终于，来人起身感谢着走了。女孩爬上楼，倒在床上就睡着了。某日，妈妈谈起那天，还说："我当时还真的有点担心呢，幸好春霞没有去睡觉。""呵呵，我就是担心你怕呢，才不睡。"女孩笑说，同时她看见妈妈看向她的眼神里有从未有过的意味深长的光亮。其实，妈妈不知道，女孩默默担心的事还有很多，比如农忙的时候，一劳累妈妈的鼻子就开始止不住地流血，女孩一看到，心就发紧。放学一路奔跑回家第一件事就是找妈妈，河边、菜地、厨房……找不到就莫名地恐惧，产生各种可怕的联想。直到看见妈妈的身影，那颗悬着的心才落地。

泥地。

女孩和男孩并排走着。坑坑洼洼的拖拉机的车辙也丝毫不影响他们沿路交谈的兴致。三岔路口，女孩的家向左，男孩的家向右。男孩并不着急回家，他和女孩一起拐向左边，一路说的都是男孩遇到的事情，比如班里的某个同学怎么拿着扫帚追着男孩打，比如男孩去迟了或者插嘴被老师罚站……大多都是男孩说，女孩听；男孩说，女孩笑。其实都是很稀松平常的事，但是一经男孩的口，那些事情都变得生动起来，闪亮起来。终于到了女孩的庄头，男孩不能向前了，男孩调皮地说："这路怎么这么短？怎么这么短呢？"女孩笑了，目送着男孩稚嫩的背影……

若干年后，一个女人衣袂飘飞，站在家乡的一座小桥上，她的眼在寻觅小时候走过的泥地，和泥地上走过的熟悉的身影。到哪里再去寻找当初的泥地呢？沥青路、水泥路一直延伸到家门口。而曾经行走在泥地里的爷爷、奶奶、外公、外婆等也一并无从寻觅了。眼下女人也即将远离家乡到遥远的城市去了。

他乡会有泥地吗？女人想。

突然她的耳畔响起了余秋雨在《泥步修行》里说的一段话："一个人，如果在穷乡僻壤度过童年，很可能是一种幸运。因为这会让他从起点上领略最朴素的真实，为正觉留下种子。"

女人不禁热泪盈眶。

有一片土地和你长在一起

作家刘亮程在2023茅盾文学奖座谈会上回答，一个作家应该活成什么样：

一个作家会逐渐地活成他的生活之地
活成一场风
活成这个地方的白天黑夜
活成漫天繁星中每夜都睁开眼睛
注视着地上的一颗星星
活成一群蚂蚁中的一只
活成一只鸟
在天上打量我们地上的生活
活成一棵沧桑老树
它皴裂的树皮上有我们的老态
新发枝叶上有我们的青春
活成一枚被风刮到天空
孤独地睁开眼睛的尘埃
活成一个地方的厚土

埋葬祖先

又生长草木庄稼

……

我总觉得一个有正觉的人也是如此。

我曾经说过我的骨子里流着农民的血，我的血液里时刻散发出泥土的气息。

我也曾经很认真地对我母亲说过，我不喜欢农村。农村的家长里短尤其令我鄙弃。

可是，无论我喜不喜欢农村，我都要不时地回到农村去，那里有我的母亲。

一个下霜的早晨，推门一片金亮。

这次我回来帮助母亲打扫卫生准备过年，其实大半的事还是母亲做了，但是因为有了同伴，母亲显得很高兴。

我不知道我一年能在母家住几天，但是屈指可以算来。忙是一个原因，根本的还是我认床睡不好，从前女儿家到别人家去认床，所以轻易不在人家过宿，后来有了自己的小家，竟也认母家的床，这是我想不到的。

习惯这个东西，真的不好说。

要年末了，终要回家陪陪母亲，不能一年到头总忙，总要留些空暇给父母。

于是，终于得了时间回来了。回来了就留下了，竟然睡好了，我上几次回来都是彻夜不眠的；竟然看到了很开阔的天空，竟然看到了很大的星子，那是我小时候才能看到的，我有多久没凝视天空了？哥竟然也回来了，各自成家后，聚少离多。隔日早晨，竟然霜华满地，艳阳高照。

忍不住，我想到田埂上去转悠。那是我小时候经常走的道。

我曾在这条道上一步三摇地走向学校，我曾在这条道上偷采过庄人的豌豆，我曾在这条道上拿棍子“打草惊蛇”过，我甚至曾在这条道上，和一只野兔子四目相对……

哥还在睡着，爸妈也在忙着别的事。我一个人沿着门前的水泥小路穿过菜地直达田埂上。包菜在厚厚的稻草中露出一片脸来，大白菜顶着一层晶亮惺忪着眼，莴苣松垮垮地铺着完全没有规矩。一鉴开的方塘明晃晃地耀人的眼，大白杨光秃秃的挺立的枝干直插淡蓝之中，外皮也显出光亮……

脚步一直向前，直到来到麦田这边的小田埂上。

田埂上铺着草，草渗入泥，泥裹着霜，硬邦邦的，阳光洒上去，到处闪着晶亮却不刺人的眼。这简直就是一条“金光大道”。突然我在这样的“金光大道”上狂奔，风呼呼地在耳边回旋，似乎要告诉我很多久别重逢的话语。

我只觉得身体的每一个毛孔都畅快，我有多久没有对着麦田倾诉了？从前上学的时候我遇到不开心的事总是悄悄走上田埂，把心里的话都跟麦子说，跟田野说。有一次过年，玩伴走后留下一大片落寞给我，实在憋闷就一个人在这田埂上随便凑来一些柴火，一燃火柴就只见火苗嗖嗖嗖地往上蹿，听那噼里啪啦的声音，像是生命得到了最完全的回应般轻盈，回来的时候发现新裤子被灼了一个洞，怕母亲骂不敢作声，但心里的欢畅无可比拟。现在却连这一点害怕都成了美好的回忆了。做了老师，经常碰到学生有了沉重的心思或心理有了障碍，我私下固执地以为他们就是缺少了一条任他们奔跑和倾诉的“金色大道”。当人与自然的连接发生问题，只能躺在床上睡大觉，世界里总是黑夜连着黑夜，这得是多么可悲！

在这条路上，我也曾陪着母亲挑野菜，母亲跟我说起她最爱的“李铁梅”，还有《沙家浜》，眼角眉梢都带着笑，我能看到母亲青春的模样。后来喜好越剧的我也爱上了现代京剧，也喜欢上了“李铁梅”和《沙家浜》，因为那里有我母亲的青春记忆。

终于走到路的尽头，我掏出我的《易经》开始大声读起来，庄台离我很远，没有人听到或是看到我在干什么，我只做自己想做的事，对着生我养我的土地诉说。过去的一年我每天朗读《易经》，如今已经朗读了一百多遍，不为了读而读，只为了喜欢。有那么一瞬，莫名地我捧着这古老的书想要去与我那远去的亲人曾经拥有过的生命节拍重合。

我的读过《易经》的外公，读过《大学》的爷爷，在我未生之时他们到底曾经怎样活过？他们又到底活过没有？为什么他们的足迹全无？

天上一阵鸥鹭飞过，我目送它们好远。好像它们会飞向我外公、爷爷的方向。

外公去世后，一次梦中，我记得非常真切，我对我舅舅说："为什么我做好一切准备来接受他的离开，但是到头来发觉这离开是永远的时，心里还是会慌？"

梦里的舅舅说："我也是。"

……

终于《易经》读痛快了，心也恢复安宁，我似乎又看见田野中我爷爷、奶奶、外公辛勤劳作的身影。阳光下，霜没有了，到处都是水水的，一大片土地泛出金色的光。

回头，母亲唤我回家吃早饭，我又一路狂奔向着母亲的方向。

"乡下也有乡下的好吧？"母亲似有意回答我上次对她说的，"不过城里也有城里的好。"母亲又加上一句。

"都好，有妈的地方就是好地方！"我说。

我说着这些话，却又瞥见：包菜从厚厚的稻草中露出一片脸来，大白菜一身通透醒转神来，莴苣依旧松垮垮地铺着完全没有规矩……

是的，我们终将和一片土地长在一起。

我的路，在乡间的小路向前延伸……

雨中，乡间的道。

冷不丁地一簇红的橙的光从车窗外颤巍巍地调皮地探出头来，我一惊，又一簇迎上来，我一喜。不再怀疑自己的眼睛，扒着车窗向外，哇，一路鲜妍点缀到长长的豇豆架旁，心里不禁漾起柔波。

我想拍下眼前的这一幕，车开远了。其时，我们在赶着时间。

“细雨点洒在花前”，突然就想到林徽因的这句诗，原来诗里的句子真实得这么动人。

第二次再来，我做了准备。手机早早握在手中，提前跳下了车。

花们夹道欢迎我。虽没有初见的惊艳，且也没有了雨的点缀，然而我还是觉得那临风飘举的是一朵朵最明媚的笑脸。四下张望，这到底是谁这么有心？果然“花婆婆”不仅仅活在童话里。

向前，越过豇豆架，秋葵开的花怎么跟棉花的花那么像？芝麻开花果然节节高，几乎跟我差不多高了。想起我初中时某个淘气的男生给我起的诨名“芝麻”，不禁哑然失笑。

哇，这个丝瓜也太高调，它爬上树了啊，那个南瓜也不甘示弱，它上了屋顶。

韭菜和芋头倒是规矩，整整齐齐。

……

这是我一度讨厌的乡间？我分明地感觉到我和这片泥土的共振。

我也像是从这土里刚刚长出来的。

是的，我就是从泥土里长出来的。

小时候，家在邵伯湖的边上。一条大坝分出两个世界，一边是湖，一边是遮天蔽日的树林。

我喜欢听湖水的声音，喜欢在密密匝匝的树林中的小路上一直向前，即使一个人走，也不觉得害怕。

在大坝的最高处有一个飞机航标。十三四岁时体力最好，我能一气爬到顶，看远处树林渺成一片烟雾，村庄小成一个积木，人头也似一个个移动的米粒。突然我莫名有一种青春的伤感。

许多年后读到“平林漠漠烟如织，寒山一带伤心碧”，竟觉似曾相识如梦境。

许是乡间的阔大空间，养成了我性格深处的“无拘无束”。

小时候，我是真敢上房揭瓦的孩子。

我十岁时，家里盖了二层楼，每逢大雨之后，楼顶必然积有一层落叶，挡住了排水管。

我和哥哥“噌噌噌”爬上木梯，两个小家伙一会儿就把堆积的落叶扒拉干净了，前屋搞定，就要清理屋后，需要爬上屋顶，再下到屋后。

小菜一碟。

女孩上屋顶会有禁忌？我们家没有。

男女都一样，是我爸妈的宗旨。

但有一点不一样，就是我和哥哥一起犯错，哥哥被教训的几率比我高。

用我妈的话讲：我太瘦了，不忍心；哥哥皮实，不要紧。

我爸经常握着我的手臂说："唉，掐都能掐断哦，多吃点呢。"

一家人围坐在一起，也谈我们的未来。妈妈总说："我们春霞可不能进厂，不能吃那个苦，我们春霞可是要拿笔杆子的哦。"

……

父母幽幽的对话，像土地里的种子播在心里。

一晃，我在乡间工作已经18年了。

有时候，我会觉得我一直在乡间的路上等待那个从前的我，那个懵懂的、天真的、无拘无束的我。

当我在教室的某个角落看到那晶亮晶亮的眼睛，就像看到细雨中鲜妍的花儿，节节高的芝麻，爬上树的丝瓜，卧在屋顶的南瓜，精神十足的韭菜和芋头芽……激动战栗的瞬间，我又真似看见了彼时稚嫩的我自己。

我知道，我脚下的这条路注定与繁华无关，但那又怎样？生命的欢笑和忧伤一样都不少。

甚至更鲜明。

"让欢笑和哀愁洒向我心里，像季节燃起花朵又把它吹熄。"

我的生命，注定贴着泥土生长。

我的路，在乡间的小路向前延伸……

我能抓住什么

从空气里赶出风，从风里赶出刀子，从骨头里赶出火，从火里赶出水。

——王计兵

芊芊在试卷上写了一个比喻句："我妈妈整天忙乱得像个八爪章鱼。"

我见了，故意哭丧着脸撒娇道："我有这么狼狈吗？"

"不是，不是。八爪章鱼是我在书上看见的，每个爪上都拿着东西，干活很厉害的！"

我想象着我的每个爪上都拿着锅碗瓢盆，还有臭袜子。

当然还有书本……

呃，我拢共就两个爪！

嘿嘿，好吧，好吧，算你狠！

暗自思忖，我其实并不是一个从容的人，似乎也没有那么聪明，唯有勤奋，勤奋，再勤奋；努力，努力，再努力。好在所有的勤奋也好努力也罢都没人逼着，我自愿心甘，乐得开心。

女伴们在一起聊天，总说谁谁清闲，不用工作，晒晒太阳，打打麻将。说得让人一脸羡慕。

我听着没有羡慕，心下却想：如果我那样的话，不如让我死了算了。

嘴上不敢说，我怕她们用口水把我淹没了，还是知趣适时走开为妙。

我家祖上农家，基因里没有“享乐”二字。

我能喝着牛奶，敲着字，算幸福无比了。

我奶奶80多岁时肩上扛着一堆柴火，我看见了赶紧说：“奶奶耶，这么大岁数了，不要扛这么重的东西咧。”奶奶放下柴火说：“你啊，不晓得哦，一闲下来我身上就到处疼，一做起事来哪哪都不疼。”瞧瞧，这言论，你想不通吧？我当时也是，不管了，反正先得给她把这柴火弄走了才好，我试了好几次，愣是挪不动那堆柴火。奶奶笑着很轻松地把柴火又扛走了。我看着她的背影，心想：我的奶奶一定能活100岁！

结果奶奶88岁时中风，很快就去世了。2019年，我奶奶去世5年了。

我外婆是个极精致的老太太，年轻的时候什么事都会做，刺绣裁衣样样在行，十里八乡有个事都找她帮忙，她总是不辞辛苦。她说，帮助别人，积福呢。老了眼睛不行了，才慢慢停下来不做了。外婆总喜欢在家里点个檀香，也怪，每次到外婆家心就特别静。外公打着草帘，外婆把家里每一件衣服都叠得整整齐齐。外婆做的饭可好吃了，不仅好吃，还好看，看她把胡萝卜握在手里划一长横，再划一长横，如此类似八个长横，再横切，胡萝卜竟变成了一片一片花瓣，散在锅里、盛在盘里，漂亮极了，这恐怕是外婆给我们做的最初的审美教育吧。做家务外婆总不让我们帮她忙，主要也是嫌我们干不好，她的锅台上一个水珠也不能有，用她的话说："看见一个水珠，心里就不舒服。"

我常常想，我外婆绝对有洁癖，一个精致的老太太。

说起来，我家距离外婆家不远，一个村东，一个村西。

去年听说我回来了，外婆还骑车（老年电动车）到我家来玩，我一时兴起问了外婆从前的事。外婆告诉我，她十岁左右的光景可讲究了，穿的鞋子上是自己绣的花，身上的衣服也是自家做的，我太姥爷是有名的裁缝。我外婆跟着学了很多手艺，包括裁剪衣服、盘纽扣、绣花……

那一天，外公放了私塾到他姑妈的庄上来，就碰见了我外婆和几个姑娘结伴而来。

外婆长得清爽，穿得也俏整，所以很是出众。

外公看了一眼，终究没敢搭话。

几年后，相亲的说了一番又一番，外公都不出言，不说答应也不说不答应。

最终老太爷说，你倒是说啊，就是天上的天仙也给你谈家来。

结果，我外公终于吐出那个憋了很久的名字——春贵。

只是因为在人群中多看了你一眼，姻缘就注定了。

外婆眯眯笑着说着这些，那时外公已经没有了。送别外婆时，外婆拉着我的手，很轻松地说："我总在这一两年内要走。"

"不会的，不会的。"我故作轻松。

"自己的事情自己知道。"外婆依然笑着。

外婆又骑上她的车了。

“婆婆，你慢点走哦！”

“没事，没事。我骑惯了的！回去吧！”

我站在原地好久没动，直到看不见外婆的身影。

2019 年 3 月。我的外婆没有了，她躺在自家的床上双手交握，永远地睡着了……

我仿佛看见外婆穿着一身玉兰花从桥上下来，等在桥下的正是外公。

外婆的去世，标志着我们家的祖辈时代翻了篇了。

但是，我不能忘记。

暑假里，我回娘家，早晨跑步就跑到了外婆家。

门紧锁着，门前的菜地荒着。

我想在门口站一会儿，隔壁邻里不断过来寒暄，一个，两个，三个。我多想说声：“请让我静会儿，就一会儿。”

但终不能够。我慢慢地回转身。

“春霞，快进屋！”我多想外婆再叫我一声。

“春霞，饿了吧？”我多想外公再对我说一句这样的话。

如今，我奔跑在快节奏里，想着慢时光里的我的奶奶婆婆，我总想伸出手抓住什么。

什么是我能抓住的？我什么也不能抓住。

想起电影《特洛伊》中的经典台词：“神也会羡慕我们，因为我们会死。”

因为会死，所以我们的每一天都变得格外珍贵。

缘起缘落都值得珍惜。

爸爸是野生动物，不适合家养

诗人说——

月光、稻子、白发
它们在你头顶
狠狠地白
落地生根地白
我分不清
只觉得这雪
怎么都掸不掉

也不知从什么时候开始，我管我爸叫“老俞同志”。

我九岁前，老俞同志一直生活在广阔天地里：一会儿南昌，一会儿武汉，一会儿太仓，一会儿高邮……

那样的年月，老俞同志是个“不安分”的农民，他跟人学徒做了瓦匠，后来成了一个施工队的小队长。

那时，我和哥哥对爸爸的概念是夏天里背的崭新的水壶，脚上穿的簇新的凉鞋，过年的新衣，还有各式好吃的吃食：比如生日蛋糕，比如鱼皮花生，比如高邮董糖……

每一次迎接老俞同志回来的日子都是我们家的节日，说不清我们更想念的是爸爸还是他带回的美食。有一回远远看见田埂上有个身影很像咱们的爸爸，于是我和哥哥像两缕小风似的从家里飞出来，相继摔了个“狗啃泥”，发现近前的“爸爸”是别人家的，不是我们的，咧嘴相望，悻悻而回。

没有电话的时代，老俞同志的归期变得跟捉迷藏似的。有次星光点点的晚上，妈妈带着我们正准备出门到邻村的外婆家，这边灯刚关掉，“走！”字还挂在嘴边，那边灯重新亮了。正诧异间，那个熟悉的身影突然就出现在我们眼前！于是一阵欢呼！然后我和哥哥几乎同时“抢”下老俞同志的包，享受美食。

在广阔天地里的老俞同志就是这样慰藉了贫乏年代我们兄妹的馋嘴，也借机向我们敞开外面世界的一个口子。当然也有插曲发生。

彼时，我也就五六岁的样子，哥哥七八岁。妈妈先带哥哥去工地探亲。据说那次妈妈和哥哥徒步走了好几公里才到爸爸的工地，如果我也去，根本走不动。可是当我一个人被“剩”在家里和爷爷奶奶一起时，村里的人就开始来“挑唆”：“你爸妈不喜欢你，只带哥哥不带你。”说的人多了，我小小的心里开始积“恨”。加上打小没离开过妈妈，对妈妈的思念让我把所有的“恨”都撒到老俞同志的头上。

等他们三个都回来了，我先扑到妈妈的怀里撒娇，然后爬到自家的大桌子上，可能是为了站得和他一样高，然后指着老俞同志说：“哼，等你以后老了，我把香烟放霉了也不给你抽！老酒放在桌上给你看着也不给你喝！谁让你不带我去的！”小小的我知道他酷爱烟和酒。

让我没想到的是，这话一点也没激怒老俞同志，反而让他哈哈大笑。后来老俞同志把我这话重复说了三十年，每次说时总一副骄傲的样子。“黄毛小孩，怎么就想得起来这样说的？”

我长大后，一次他又说起，我接口说：“看我多有先见之明，香烟和酒能是什么好东西？我要买更有营养的给您！”

自那一次以后，再去老俞同志的工地，我再没有被“剩”在家里。记得那次去太仓，我们几个孩子在轮渡上，大人们买东西去，回来发现我们的船已经开走了，急疯了，在广播里喊。我们几个听到广播都若无其事地笑。那个时候根本不知道怕，更关键的是我们都没落单，倒是累及大人们到现在还耿耿于怀。等到了太仓，我们几乎每天都能吃到冰淇淋，当时在家里冰淇淋是看也没看过的，偶尔还被带到电影院看电影。大人们白天忙的时候，我们几个孩子就围着一台破电视机看啊看，有一天终于把那台破电视机看得冒烟，那可真是群起逃窜啊！好在大点的孩子临出门时大着胆子拔了电……

若干年后，老俞同志感慨在我们很小的时候他没能每天陪在身边。我和哥哥总说：“还好啦，当村里大部分孩子还不知道什么什么的时候，我们因为有老爸你在外面也算见过点世面啦！”

我九岁上，老俞同志终于从广阔天地回到乡里的建筑公司上班。十岁上，我们家砌了楼房。当时村里有楼房的就两三家，虽然什么装修都没有。“家里两个孩子呢，以后都要读书，没钱再弄房子，先竖起来再说。”这是老俞同志当时的论调。

老俞同志一回来，田里的活，妈妈是轻松了好多。可是我们和他距离近了，矛盾也多了。

“不可理喻！”每每我跟妈妈抱怨。

老妈总说：“父女俩一个德行！”

“谁跟他像啊?!”我特别不屑。

“爸爸是野生的，他在外面时，我们天天想他，他一回来，我们天天要忍受他的臭脾气，爸爸真是不适合家养呢！”我那时常常这样想。

更让人难以忍受的就是他频繁喝酒应酬。我妈说我爸喝酒特实诚，跟他干工作一样。那时喝酒真叫一个吓人，不把人灌醉了就不叫喝酒。每当老俞同志喝酒的日子，我老妈在家就坐不住了。但她绝不能到现场去把他拽回来，这是很丢男人面子的事，可不去又不行，喝醉了指不定倒在哪里。哥哥在外地上学，结果如此大任便降到了我的头上。当然在这点上我从来没有令我老妈失望过。

每次我老爸喝得差不多的时候，我就及时出现了：“爸，家里有点事，要你早点回家。”

“来，叫人！”老爸嘴有点打啰啰（喝醉了舌头捋不顺的意思），“这是李叔叔，这是王大大，这是……”碍于面子，我只得硬着头皮一一叫了。“这个呢，我姑娘！”老俞同志每回都这么略带得意地介绍，好像他姑娘有多了不起似的，我注意到那些喝醉酒的他的同伴脸上并没什么表情。

“爸，你要回家了！”我催促说。

“我再打个招呼。”老俞同志笑眯眯地“求”我。

“爸，你走不走？”我上前拖住他的胳膊。

“走咧，走咧！”他嘴里光说着，还摆出碰杯的架势，被灌醉的人心里就只念叨酒了。我不管了，仗着年龄小，没人跟我这个小孩计较，我上前一把拽住老俞同志就往家走。

月亮很亮，一路拖着拽着把老俞同志架回家，一路忍受他醉酒后的“叨叨叨”。

一回到家，老俞同志把吃的全吐了。

“何苦来的？”我十分不解。

老妈叹了口气：“就这世道。不喝还不行。”

“他以前在外面时也这样喝吗？”我不能理解，突然这样问老妈。

“喝啊！只是我们看不到罢了。”妈妈说。

嘿，这老俞同志什么时候在喝酒上“懂点事”就好了！

当然，他也不光在喝酒上“不懂事”，否则，我们之间怎会“战争”不断？

我当老师了，老俞同志看见我总说：“嘿嘿，黄毛丫头站在讲台上，人家孩子都比你高哦！”

你说气人不？

我高考那年，他又到他的广阔天地里去了，这回连老妈都带去了，我成了真正的“留守少年”，每两个星期回家一趟，还寄人篱下。

你说应该不？

我上高中的地方离家很远，需要倒车，有次他去接我，中途中巴车让我们下车到另一辆车上去，他心里来气，对我直埋怨：“怎么考到这个破地方来！”那时红桥高中在我们县里除了县中外算是最好的，之前也是他们积极让我考的。

你说可笑不？

这样的事多了去了。再久的我也记不得了。

总之，赌气不吃饭，摔门而去，唇枪舌剑……这些都是我对他开启的正常模式。

“爸爸是野生动物，不会做家务，不懂跟孩子怎么沟通。爸爸似乎对我们可有可无。”我一度很郁闷。

我真正觉得老俞同志不可或缺是在2008年。那一年他被医生宣布只剩下六个月的光景。看着那一向健壮硬朗的身躯被病痛折磨得浑身大汗淋漓，走起路来抖抖索索，声音完全嘶哑，我的心里莫名有一种被撕扯的疼痛。爸爸生平第一次在我们面前流泪了，说：“要让我的儿子女儿花钱了！”我和哥哥就是在那个时刻感觉自己一下子长大了，我们不相信只有六个月！我们要跟时间赛跑，我们要救我们的老爸！我们到处托关系找人，要给老爸最有效的治疗！我们不哭，要给老爸和老妈最强硬的支持！

我真正理解老俞同志也是在2008年。哥哥在外地，治疗的那段时间，老俞同志就住在我家。他说我当上老师他很开心，黄毛丫头长大了！他说我高考时他们去外地也是没有办法，哥哥上了大学，我也要上，经济来源没有，我们拿什么上？至于为什么那次坐车他说那样的话，老俞同志可能觉得丫头那几年上学确实吃苦了呢，没法言传，只得通过那种方式表达。当然他没正面说，可我还是能猜到。这些他以前从来不会表达，我们也没有耐心听他表达太多。

好在我们还有机会。为此我常常感恩。经过六个疗程的放化疗，配合省中院的中药，老俞同志竟然奇迹般地好转了。但那治疗过程的痛苦，没有几个人能经受。老俞同志真的了不起！多年的南征北战锻炼的意志力，妈妈的精心照料，家里的长寿基因，都是他好起来的重要因素。我们喜极而泣。

“爸爸是野生的动物，生命力强啊！”

似乎老天也想验证这句话，接连又给了老俞同志两次重创。一次是车祸，一次是肺结核。车祸在老俞同志大病刚刚康复不久，整个三轮车压倒在他的身上，肋骨断了五六根，他当场昏厥。肺结核是车祸之后的并发后遗症。肋骨断裂划伤了肺，然后细菌感染，他一直不停地咳嗽，被拉走隔离。

似乎老天专要让我们看到老俞同志的周身光彩才特意给他设置了那么多的坎，结果他都赢了！不知什么时候，我竟然开始崇拜他了。咦，这个瓦工头厉害得很哩，能看我看不懂的图纸，能自学五笔打字，能天天坚持打太极，能利用闲暇读书看报并做好读书笔记，能把家里的每一笔开支清清楚楚地记账，更重要的是现在能麻利地穿梭于厨房，炒上几个可口的小菜，然后，等我们回家……

妈妈笑说，厨房工作，她现在下岗了！

只是在忙于家务的间隙，老俞同志不时会扛把大锹到田埂上视察，或者到野外找点树叶野菜喂鸡喂猪，或者到路边拾点树枝回来一根一根锯成小柴火。总之，他就是闲不住。我隐约觉察，他还在寻找在广阔天地里的感觉。

“爸爸是野生的，不适合家养。”我再次有感而发。

在时光的行进中，老俞同志用自己的脚步也走出了一条长长的路，从家里到家外再到家里。在别人眼里确也不算什么，但我们觉得弥足珍贵。

以后不管你在哪里
月亮是你
稻子是你
镜子里的我也是你
……

妈妈的青春

五月是鸟的月份
是蜜蜂的月份
是紫丁香的月份
是惠特曼出生的月份

木心如是说，我要说，五月也是我妈妈出生的月份。

外公 90 岁生日，我感谢他们给我培养了一位好妈妈。

是的，很好很好的妈妈。

一个孩子在幼年时喜欢她的妈妈那是天性，等到她成年了能够客观地评价她的妈妈了，若还是觉得妈妈可亲，并且在可亲之外还有一份可敬，那必是这位妈妈本身了不起。

我想我的哥哥心中也一定私藏着一份对妈妈的同样的情感。

说起我妈妈的青春，是在一个粪箕担子上。颤颤巍巍的一副担子，前面坐着我，后面坐着我的哥哥，悠悠长长的小路，深深浅浅的脚印。妈妈总说，那时家穷，到哪里走亲戚，只要挑起这一担，她就什么也不用担心了。而在我们幼年时期，妈妈就是家。妈妈到哪里，我们就可以安心地在哪里。

后来这样的担子变成了一辆自行车，前面坐着我，后面坐着我的哥哥。十岁左右的哥哥可不安分了。坐在车后面像玩杂技一样一会儿脚站上座位，一会儿脚站在车两边凸出来的搭脚的地方，双手扶着妈妈的肩头，像个视察部队的将军，只差挥手致意了。妈妈从不制止，一边笑着一边稳稳地骑着车。坐在前面的我其实就是坐在自行车的一根大杠上，现在看来比小龙女睡在一根绳子上也差不了多少。我坐得很稳，很舒适，因为有妈妈的怀抱。

记忆中我也坐过爸爸骑的车。我们的大半个童年期爸爸都在外地打工。一次我和妈妈去他那探亲，爸爸不知从哪里借来的车，车龙头一直摇动，我坐在前面，感觉车龙头随时要脱离车身而去，小心脏一直提着。唉，真不如妈妈骑的车！

长大后才知道，父母两地分居，我们的妈妈拉扯两个孩子还要种上十几亩的田地是多么不容易。爸爸每次一回来就不想走，不忍心走，妈妈总说："没事，放心，家里有我。"

我和哥哥相继出痧，要死要活，家里只有她；农忙时节乘着星光拔秧到深夜，田里只有她；刮龙卷风，我和哥哥熟睡，顶着破房子的门的只有她；甚至，在有我们之前她有过一次流产，躺在小医院的手术室里，没吃没喝眼泪流了一夜，因为家里只有她……

母亲的青春很大部分就是这么过来的，我觉知母亲的青春是在《红灯记》的样板戏里。我不知什么时候喜欢上了现代京剧，就买了磁带回来听。《红灯记》的磁带一放，我妈妈竟然跟着唱起来，对歌词还相当熟悉，眼波流转，声音铿锵，尤其唱到那句"穷人的孩子早当家”，我依稀感觉到妈妈又回到了她的青春年代。

我觉知母亲的青春还在我跟她到邵伯湖的边上去买鸭蛋时，母亲眺望着湖水的尽头，那里是个叫同心圩的地方。我知道，是我们的老家，我们就是从那里搬迁来的，那个地方有母亲最早的记忆：游泳、放鹅、放牛、插秧、割稻、挑圩子……给地里忙活的外公外婆送饭，一不小心摔倒，整锅滚烫的粥浇在小腿上；家里住的草房子，刮风了，赶紧招呼妹妹们一起往自家的房子上浇水，增加房子的重量，防止被风刮走……“穷人的孩子早当家”，对母亲是有深刻内涵的。

其实，我们的外公外婆告诉过我们，妈妈小时候生得孱弱，那时家在四面环水的河滩，有次妈妈生病厉害，要看医生就必须到河的那边去，那时正是月黑星稀，风大浪猛，摆渡的人都不敢走了，外公外婆借过船来，自己渡到河的那边……

我常常想，那是一个怎样的夜晚！

我也常常想，我的孱弱的母亲是如何在很长一段时间独力承包了家里所有事务的，又是如何护得我们的童年全是甜蜜没有忧愁的。

总之，直到现在，我依然觉得妈妈烧的饭是最香的（当然除了外婆烧的饭外），妈妈的语言是最温柔的，最能疗伤的。

我们遇到了委屈只要回去吃上一顿妈妈烧的饭（爸爸烧的也行），能量就立即回归，跟妈妈谈谈，往往只要我们刚开口：“妈妈……我……”妈妈就全然知晓我们心里想的，于是一番推心置腹的话语熨帖了我们的每一个细胞。

有时候，我真的奇怪，妈妈是如何知道我们心中所想的？也许我们心中想的她已经为我们考虑了千遍万遍。如此一想，眼眶不禁润湿。

妈妈总是在我们惶惑不定的时候，轻描淡写地说："人呢，怎样不是活呢？想当年我们日子那样，谁知道能过成现在这样呢。"

是的，怎样不是活呢？开开心心脚踏实地地过好每一天，还有什么比这更重要？

这些年家里发生的事也不少，但每次我们都更清晰地感受到妈妈的力量，尤其爸爸生病，全家慌乱时，妈妈对爸爸说："放心，有我在，一定把你照顾得好好的！"

因为有了这样的力量，全家空前团结，全力应战！

爸爸身体康复后，妈妈却变得更加瘦削。一次家宴，我的姑父竟然惊诧地说我妈妈怎么变得这样衰老。我实在没忍住，搒了他几句。但也相信他是无心的，他根本不知道——我妈妈的青春早已深植在我、我哥哥、我爸爸的心中！

不容诋毁！

五月是鸟的月份

是蜜蜂的月份

是紫丁香的月份

是惠特曼出生的月份

五月，亦是我妈妈出生的月份

太　太

请记住我

虽然再见必须说

请记住我

眼泪不要坠落

我虽然要离你远去

你住在我心底

在每个分离的夜里

……

——《请记住我》

太太也者，我爷爷的妈妈，我爸爸的奶奶，我的太奶奶。

中元节想起我的太太，竟然记忆有了些许的模糊。

有点恐慌，我怕我有一天会忘了她，我怕家里所有人都忘了她，我怕她像《寻梦环游记》里的埃克托，如果被遗忘，就会彻底消失。

哦，我的太太。

我记事起，太太的目光就已经浑浊，齐耳的短发，似乎从未有过任何改变。

我记得她走路慢慢悠悠的，对她来说，走路似乎是一件应该特别认真对待的事，先迈出左脚再迈右脚，一步都不能错。后来知道，有一个词更适合她：蹒跚。

想起她啊，就想到那条长长的烂泥路——我放学回家的路，太太看望完她的五保户的老友往回走的路。

“太太！”每回我看见她都特别欣喜，一把上去搀住。

她先回转身来，一愣，用她那浑浊的眼睛辨认一番，认出是我，整个身子都添了活气，立马拉起我的手：“乖乖，放学啦！”

她就喜欢叫我“乖乖”“小乖乖”。

那时曾孙辈中，就我一个女孩。我的生命里有长者叫我“乖乖”的，也只有她呢。

夕阳下，一老一小，就这么搀扶着走在回家的路上，尽管路是那么坑坑洼洼，但是回忆里总是欢畅的。

回到庄台上，太太路过一家就跟一家打个招呼，那时的人似乎都这样。每个人的脚步都会随时停驻，张家长李家短地寒暄几句。从西头走到我们东头要经过二十多家，太太的那个脚步慢得哦。不过还好，我有的是耐心等她。

“你曾孙女带你回来的哦？”庄邻能聊上话的都是会聊的，有一搭没一搭地聊。

“是的，是的，我家小春霞学习好呢，小乖乖聪明呢。”太太每回当着人都这么毫不遮掩地夸我。我的小脸上的骄傲自是藏不住的，觉得自己真是天底下最聪明的孩子。

只是太太不辞辛苦地频繁看望老友，那时我不懂得，长大后回悟，大约太太也很孤独，需要同龄的知道自己经历的朋友来叨一叨生活的苦闷。

算来，在一大家子中，太太跟我母亲最是谈得来。可惜，我母亲那时太忙了，最忙的时候，别说跟太太聊天了，还把我交给太太。太太帮我梳头的情景我仍然记得，我头发长，太太先用篦子篦，然后似乎觉得还不够顺畅，就偷偷抹了一点口水在我的头发上。

“太太，你往我头上搽的什么？”

“没有什么。”

“别以为我不知道，口水吧？”

“嘻嘻。”

……

现在母亲也时常想起太太，还说生下我的时候，没有奶水，很是着急。太太来了，说：“华子啊，你要吃啊，你吃好了，自然就有奶水了。”妈妈听了这话，从月子中爬起来给自己煨了一只老母鸡，果然就有奶水了，否则我早饿死了。

即使这样，我童年还是营养不良。我记得上幼儿园的时候，我在上学放学的路上经常会莫名其妙地摔倒，好半天爬不起来。乡间地方空阔，也没人看见，好半天，自己才挣扎着从地上爬起来继续走。我都不知道自己是怎么了。

我的太太的经历我知之甚少，只知道她生了四个儿子、一个姑娘。只知道老太爷是饿死的，临死前问太太要一碗饭吃，彼时家里还有米，太太没有给，老太爷饿着肚子抱恨离世了……

为什么不给呢？我总是想不明白，最困惑的时候，真想穿越回去给老太爷送碗饭吃。

家里人说，即使给了估计也救不活，那时粮那么精贵。

我总觉得没那么简单。

后来断断续续听了一些关于我姑奶奶的故事，我姑奶奶是太太唯一的姑娘，据说年轻时长得很美。老太爷为了贪图人家的一点家产，竟然把我姑奶奶嫁给了一个痴呆人。虽然“痴呆”不久死了，姑奶奶又嫁了一个正常人家，姑爹对我姑奶奶也不错，但是姑奶奶精神似受了刺激，总是有点恍恍惚惚。

这也是了，那时的女人是做不得主的，眼看姑娘这样，做娘的心中虽有抱怨，却敢怒不敢言。

管中窥豹，我总觉得我太太对我太爷爷是有恨的。

此外，太太还有一个儿子，我的二爷爷，从小没饭吃，四处流浪，最后在上海入赘别人家，一直没能回来，直到太太去世，二爷爷才归来奔丧。我到现在都记得我二爷爷回来后哭得眼泪一把，鼻涕一把，可惜太太是永远也见不着了。

种种辛酸，不言而喻。

太太终究不曾对我这个小人儿说些什么，我只记得她看向我的眼光里满是慈爱。

……

闭上眼，我竟仿佛看到一个与我年幼时同样孱弱的生命，在她的路上一次次莫名摔倒，疼痛，只是人们习以为常，看见了就当没看见，所以只能等她自己缓过来再慢慢从摔倒的地方爬将起来。

哦，我的太太，我永远不能忘记她。

她有个美丽的名字：蒋玉芳。

她不识字，不会像艾青那样，写个蒋字，画个草字头就打上个 ×，她更像是艾青笔下的“大堰河”，用慈爱和隐忍走过一生，在那个时代。

新的时代，我应该好好活。

我们都应该好好活！

哥

我 1 岁，哥哥 3 岁。从外婆家往我们自己家走，妈妈抱着我，哥哥走不动了，也想妈妈抱。妈妈说：“好啊，把妹妹送给别人家，妈妈来抱你，好吗？”哥哥说：“不要！不要！”于是哥哥一路跟着妈妈歪歪扭扭自己走回家。

我 4 岁，哥哥 6 岁。妈妈只带哥哥去爸爸在外地的工地，我不怨妈妈，只“恨”爸爸。等他回来，我爬上大桌子（那样可以比爸爸高），指着爸爸说：“哼，等你以后老了，我把香烟放霉了也不给你抽！老酒放在桌上给你看着也不给你喝！谁让你不带我去的！”那是我最懵懂的反对“重男轻女”的“独立宣言”，被爸爸一直骄傲地记着。

我 5 岁，哥哥 7 岁。那时家里还有牛。我和哥哥同骑一头牛，突然哥哥想让牛走得快一点，就用牛绳抽了一下牛屁股，牛快跑起来，我没有防备从牛身上摔下来，大哭着要回家跟妈妈告他的状。回家的路上，我看见池塘里满是诱人的菱角，就欢快地采摘起来，完全忘了告状的事，等到想起来，又假哭着向家里跑去，嘴里还带着菱角的甜香。

我 6 岁，哥哥 8 岁。放学的路上，我不爱走平地，我爱走沿路大水渠一侧的那个斜坡，哥哥就一路用小小的手死死拉着我的也小小的手，让我快活地走在长满青草的斜坡上，稳稳地，一点也不担心会掉进渠里。

我 8 岁，哥哥 10 岁。哥哥会骑车啦，每天载着我上学。其实他的身高根本够不着坐垫，只能站着骑，车就左一摇右一摇，那个清晨，就把我的右脚摇进了后车轮里，幸亏哥哥反应快，加上庄上的大人帮忙，我的脚很快就抽离出来。可就算这样，脚后跟早已一片殷红，在我的哭声里，哥哥一脸惶恐。

我 9 岁，哥哥 11 岁。哥哥可能干了，会炒菜会做饭，会杀鸡。我只能做添柴烧火的事。放学回家，我们分工很明确：他大厨，我火头军，配合得非常默契。

我 10 岁，哥哥 12 岁。每天晚上我们多了一项运动就是“跳鞍马”，说起跳鞍马就是我们其中一个人直立着弯下腰做“鞍马”，另一个一个加速度，轻轻按着对方的后背，从对方的头顶跨过去。这玩意儿我们玩得可轻松了，但也有例外，比如我毕竟小而瘦，时禁不住哥哥猛冲过来的一按，又比如我猛冲过来哥哥突然把头抬起来，然后，我们就一起摔倒，再一起笑着从泥地上爬起来。

我 11 岁，哥哥 13 岁。这一年，哥哥到外地上初中了，每个周末，我就开始盼望哥哥往回走的身影。哥哥一回来，就把他没花完的零花钱给我，有时还给我带好吃的。

我 13 岁，哥哥 15 岁。这一年哥哥以全校第一的成绩考上了县上最好的学校。我开始暗暗以哥哥为我的榜样。只是我的理想却是——做一名教师。

……

后来，我们总是聚少离多。但是假期我们还是能有那么长的时间在一起。

其实，想想童年，我们也不尽是和平共处、温馨友好的。

有次，我们为了一件小事吵架，正好哥哥手上拿着老虎钳子，就轻轻地敲在我的头上。然后我就“小题大做”哭泣着去找忙碌的妈妈评理（我发觉我小时候没别的本事，就爱告状）：“妈！你看哥用老虎钳子打我的头，我又不是机器人！”

妈妈一听我和哥哥又吵架，气不打一处来，及至听到我说自己不是“机器人”，联想到哥哥拿着老虎钳子，却又忍不住笑了：“我们春霞说话太有意思了，真想得起来说呢，还‘机器人’！”

我这位妈也特逗，总是get（领会）不到我的重点，我找她评理，她总爱打偏球。

还有一次，我跟妈妈抱怨，哥哥把家里唯一的一辆车骑到学校去，他当时住宿，就来回两趟骑车，其余时间根本用不到车，而家里的我只能徒步了。

“哥哥把车骑走，然后往那一横，隆，我们在家想骑也骑不了。”我配上动作，还有恨恨的语气，是为了让妈妈慎重考虑这件事。

结果倒好，她又笑了。说“一横”用得好，怎么想得起来的啊。妈耶，敢情你是改我作文的老师啊。

当然，很快我就有了自己的专车。

骑上这辆车，男生也超不了我！哥哥，你知道吗？

……

现在想起童年，什么都是好的，每个日子都闪闪发光。

那一年，哥哥结婚了。我应该为哥哥高兴，当然也真的在心里默默祝福了。

可是不争气的我，眼泪不停地流，不停地流。终于掩饰不了了，我想逃离人群，但是还是有人发现了："你哥哥就是结婚了，还是你哥哥。"

人们在安慰我，不说也罢，一说我抽泣得更厉害了。

道理我当然懂。我其实感受到的却是成长中必然的，也最无奈的分离真真切切地到来了，只是当时我还没想好如何面对。

从此长长的假期，我们也不会再在一起度过了。

哦，早知道长大了注定是这样的分离，我一定不和你吵一句架，哥哥。

再后来，我们分隔两地，他为他的世界打拼，我为我的世界努力，我们更少有交集。似乎慢慢习以为常。

有一天，我猛地觉得，不对啊，我是有哥哥的人。

"哥，帮我做个幻灯片咧。"

"哥，帮我做个人物介绍。"

"哥，这个视频我不会弄，求助！"

……

哥哥总是有求必应，不管多忙，哪怕第二天要赶飞机，也会帮我做到深夜，还声称不满意的话，到飞机上会继续帮我做。

真好，我有哥哥。

时光让我们都懂得：

有一种情感，空间的距离是打不败的。

而对我来说，“哥”是世界上最美好的字眼。

第二辑　心空，乐器奏鸣

隐藏的乐器在弹奏

耳朵里的鸟鸣醒了
屋瓦上还残留着薄薄的雪
如想念一间小屋一样
想念一个叫小屋的人
昨天的雪人不见了

——海桑

早起，推开窗。

檐下的水滴从楼顶掼落，陆续摔在晾衣架上，发出丁零的脆响。

细看衣架上攒着好多小水滴，只等蓄得饱满了，径自往地面纵身跃去，像那大胆又顽劣的孩子。

闭上眼，各种鸟叫声分布在四面八方。

这边一丛似不慎掉落地面的密匝匝的线团，一路向前滚去。

那边一丛似煮沸的油锅只等着拥着菜儿入怀。

还有一两个挑事似的，剪刀剪布的咔嚓嚓两声，没了。

竟然还有布谷鸟的声音：布谷、布谷。

生怕听错，细听时只听得一声猫叫，喵呜——

睁开眼，楼下一个从容的黑影正优雅地踱着步子。

一只黑猫，黑夜一样的漆黑。不过，在树的绿影中它的黑是那样生动。

我不觉看得痴了……

呀，我、我有多久没有这样发呆了？

空气中越发嘈杂，却看不见一只鸟儿。想这禽鸟界最近也不太平，它们或许也在讨论应对疫情的策略吧？它们只是想抱怨一下，没想到疫情的发展也不受它们控制了吧？

我又看了 眼那蓄满的水滴，又一滴纵身跃向地面。

……

身体被困，耳朵里的鸟鸣却响了。

一只黑鸟飞过

我爱这残损的世界，与万物谈着恋爱，其中就有一只黑鸟。

——题记

坐在教室的后面埋头改作业，教室里只有我，学生们都下去上体育课了。

突然一阵窸窸窣窣的声音，猛一抬头，一个黑影穿过，我下意识地腾地站起来，原来是一只鲁莽的黑鸟闯了进来。它看见我许是也吓了一跳，慌乱地想从另一边的窗口出去。窗户开得极小，它的头轻碰在玻璃上。

我赶紧坐下，用平静的语气安抚道："别慌，没有人会伤害你，从哪儿来从哪儿出去。"

这只鸟儿仿佛听懂了似的，原路折回，从南窗飞走了。

幸好，幸好！

幸好没有学生在。

几年前交流到杨庙中学，也是一只这么大的鸟，误打误撞到教室里。学生们都在，有的起哄，有的拼命帮鸟打开窗户，因为声音嘈杂，全班乱成一锅粥，鸟儿慌不择路，竟径自往窗玻璃上撞，没两下，就躺倒在地上了，眼睛开始还睁着，最后慢慢合上……

开始还是睁着的，慢慢慢慢地合上……这一切都惊人地相似，在脑海里重叠。

那是我高三的时候，数学老师的课，天特别热，黑板上面的两个电风扇在飞速旋转着。

大家正认真地听着老师的解析，只听得电风扇里呼呼啦啦两声，没有人知道发生了什么，突然一只小麻雀被甩到我的面前，不偏不倚。

全班继续上课，所有人都在跟时间赛跑，心无旁骛。只有我，那一刻眼与心都在这小麻雀身上了。小麻雀只看了我一眼，慢慢慢慢地合上了它的眼睛。这一切发生得太快，以至于我来不及反应。我眼睁睁地看着一个生命陨落在面前，却又无能为力。

等到下课，我一个人找了学校的一个僻静处，掩埋了那只小麻雀。许是高三的生活太过压抑，我竟借着小麻雀狠落了几滴眼泪。

就这样，每当想起高三，我都会不由自主地想起那只小麻雀以及它对我的临终一瞥。

你以为我是善良的了，那你就大错特错了。我竟也做过杀鸟的“刽子手”。

大学的一天，我和舍友看到一只小鸟儿受伤了，抖抖索索的，我想把它带回宿舍将养，舍友说不太好养。最后我们达成共识，带鸟儿回宿舍，至少我们宿舍是温暖的，可以喂它牛奶、面包。我们信心满满，把它放在一个纸盒里，我想象到它好了以后振翅高飞的样子。

只一天，那只鸟就死了。怎么会？早上精神还挺不错的。最后，一个舍友承认是她给小鸟儿喂了苹果，苹果切得比较大，鸟儿大概是噎住了。

呜呼，无法可想。

我悲伤地把这只鸟儿的故事写成文字，如果我不坚持带回它，或许它不会死得这么快。

文章的结尾，我这样写道："有时，爱的初始往往就是个错误。"

那是我第一次开始思考人生，因为一只鸟。

写作课上，老师把我的文章读给全班听，没人笑话我的幼稚，教室里很安静。读到最后一句，写作老师说，很有张力。我那时并不懂得什么张力，反正那只鸟儿是永远没有了张开翅膀的能力了……

我第二次做"刽子手"，场景更加惨烈，至今想起，仍心有余悸。

那天清晨，阳光很好亦很美。我回娘家，一路遛弯到妈妈种的黄瓜藤下准备摘两个嫩黄瓜吃吃。为了防止鸟儿偷吃黄瓜，妈妈用网把黄瓜盖在里面。我一靠近就惊住了，原来黄瓜藤上的网上有几只百果鸟，为了怕打扰它们，我悄悄退回来。"现在生态这么好了，鸟儿怎么这样多，到处可见。"我暗喜。因为那时似乎有好长时间看不到鸟了，我于是喜不自禁。喜笑形于色，藏不住。适逢我妈和小婶在，忙问："怎么回事？"我拗不过，只得说："你们答应我不动手，我就说。"

妈和小婶子都答应了。我其实是很想跟我妈分享这份喜悦的，无奈小婶子紧跟。

到了之后，她们立马明白了怎么一回事。我妈没动，小婶子忍不住，上去就逮了一只，我忙叫：“放下，放下！”可是小婶子哪肯听我的，狞笑着，对，是狞笑：“多肥啊，一锅汤！”

我愤恨地离开了，血往脸上冲，我都干了什么！

下午，我在院子里，隔壁邻居在巷口一声大叫，似乎还带着某种惊喜：“咦，一只鸟……死了！还挺肥的，一顿好汤。”

我脑子不够转，没转过弯来。

又是邻居的声音：“估计上午小鸟被桐生（我小婶）抓了，这只是母的，竟给生生急死了……”

血液封冻，瞬间我僵住了，像个经过一夜霜冻的稻草人……

当时的情状，我不想再记起，因为我想忘记。

当然，我本来就是个不长记性的，就在去年我还害死了一只兔子。

晚上回家，电梯口，一只黄猫在追赶一只白兔，疯了似的乱咬。我赶紧去赶走了黄猫，担心我走了之后黄猫再来，该怎么办。像这样的白兔又不是野兔，一定是有主人的，不好带回家。于是我就把兔子放在电梯口的玄关，这样门一关就与外面自然隔开，黄猫就伤害不了它了。

可是我防了猫，忘记了防人！

我回到家里，心里确有点惴惴不安，但终于在忙乱中把这件事忘了。

第二天，小区群里有人发了一条奇怪的信息：昨晚得了一只兔子，谁有兴趣来我家喝酒吃兔肉？

突然我就跟触电了一样，立马回了条信息："兔子是我从黄猫嘴里救的，拜托不要杀它！"

我一连发了很多信息过去。

对方最终给我回了一条信息："请问，你多大了？"

我蒙了。

这跟多大有什么关系？

大了，就可以随便杀一个生命？杀一个甚至连主人都没搞清楚的生命？

什么逻辑！

什么都要吃，吃，吃……

而今，一只黑鸟飞来，撞开记忆的闸门。

我只想说——

不管我多大，我都放你走！

我爱这残损的世界，带着血。

猫

一只猫在水杉树上
纵身一跃
撞破了谁的梦
一双年幼的眼睛目睹了这一切

——题记

小时候，家里一直养猫。

不像现在人养猫是当宠物，那时是为了让猫来逮老鼠。

小时候老鼠真多啊，大白天老鼠堂而皇之地登堂入室，你想追着它？门也没有，它跑得一溜烟儿似的，边跑边发出吱吱的笑声，让人恨得牙痒痒。灯熄了，那就更不用说了，直接是老鼠的天下，悄没声地自己溜达就算了，还呼朋引伴地踏出杂七杂八的节拍，这边你睡得正香，不自觉地把手往后一伸，不巧拦住了老鼠的去路，那边顿时一阵更为夸张的狂叫，不把你吓个半死都对不住它那顿嚎。

夜半惊醒是常有的事。

大人们发誓，一定得捉只猫回来！一定！

猫果真被捉回来了，也不知谁家的老猫下的崽子，多半是极普通的猫种，大人们叫那种猫“竹节巴”，也许是因为毛色像竹子节颜色，我搞不懂，也没问过。芊说，那是狸花猫，还有一种橙黄色，那叫橘猫。反正都不好看。但是只要家里有了猫叫，夜里就安静了。

白天醒来，总会听见妈妈夸赞猫的神勇，说猫怎么怎么上梁逮老鼠，怎么怎么探进老鼠洞里按住一只大老鼠，厮杀的现场还有老鼠残缺的身体为证。我们听得一愣一愣，看得一惊一惊的，怎么白天温温柔柔的猫，晚上竟成了一个英雄？于是围着妈妈问各种问题，比如，猫晚上没有灯怎么看啊，比如猫那么大怎么进老鼠洞啊，等等之类的话。妈妈说，猫晚上眼睛就像探照灯，猫靠自己的胡须测量能不能进老鼠洞，胡须能进猫的身体就能进，它的身体可软了……

于是围绕着猫，夏天的晚上乘凉的时候，妈妈也总会给我们讲故事，其中一个故事说啊，猫特别有本领，连老虎都是它的徒弟，猫把什么都教给了它的这个徒弟，就是有一招啊留着没有教，那就是上树。某日，老虎觉得自己什么都学会了，仗着自己体大凶猛就想把师父吃了，那就可以做老大了。生死存亡之际，猫上树了，老虎傻眼了，甘拜下风。妈妈讲得很有趣，我们就一直笑，笑声溢满了那个夏日的夜。还有就是，猫的尾巴摸不得，据说一个小孩摸了猫的尾巴，晚上猫衔了一条蛇放在他的被窝里。这个故事有点让人惊骇，我那时晚上睡觉前都要把被子整个地掀起来，床肚子检查一遍，再检查一遍才敢上床。我实在不能确定我有没有摸过猫的尾巴！如果真见一条蛇，我想我会晕掉！

小时候我似乎有睡前恐惧症，窗玻璃上的树影，风鼓动门的声音，还有乡间夜晚特有的黑不见底，都会让我惊惧。鬼啊神的，会在躺下的那一刻一齐涌来，把我的胆量一点一滴吸走。于是我整个地把头埋进被窝里，瑟缩着，心里一横：死就死吧。于是，如此睡着了，早上醒来，咦？没死没死，还挺庆幸。于是又一个夜晚亦复如是。这种情况持续到家里多了一只猫。说也怪了，猫喜欢睡在我的床上，还发出呼噜呼噜的声音，这个声音像是我的催眠曲，让我很快入眠，不再担心什么。

猫就这样不知不觉融入我们的生活，冬日阳光下猫蜷缩在灶台的一边，让人忍不住伸出手去抚摸它的皮毛，猫亦温柔地“喵——”，然后用头摩挲你的手心，算是对你的爱抚的回应。

“猫通人性。”妈妈说。

那时，我们还喜欢把蚕豆叶子用线串起来，下面固定一枚铜钱，算作一个最简易的毽子。不会踢的时候，用一根长长的线吊着，练习踢的姿势。当我们玩得欢畅的时候，就发现猫的头会随着毽子的上下翻飞而不时摇动，于是我们就专门在猫的面前晃动那毽子，猫的头摇动的幅度就更大了，这家伙或许也在研究：这到底是什么玩意儿？

“猫有九条命。”妈妈说。

真的吗？我就亲见我家的一只猫因误吃了隔壁的老鼠药惨死。

那倒是一只漂亮的猫，纯白，蓝眼，还特会逮老鼠。

那是刚工作不久的舅舅买回来的猫，舅舅也是一个特别爱猫的人，因为当时要出差还是什么，怕猫饿死，就送给我们养。结果却是这样。

我至今记得，那只猫匍匐在地，不停地呕吐。妈妈用土方法治它，给它灌洗衣粉催吐，我蹲在离它不远的地方，祈祷能治好它。结果却是……

它的身子在抽搐，我的心也在疯狂地抽搐。我不敢看它，我只是用余光瞄到那一团颤抖的白影……

“从此，不养猫了，损德啊！”妈妈叹道。

真的，我家从那以后真的没有再养过猫。

……

芊想养猫，追着小区的流浪猫一直跑，让我的这段记忆复生。

有一只猫陪伴的童年真的不一样。

看着芊睡觉前总爱抱个玩具小动物，问她何故，她说：“这样就不害怕了。”我心里一疼，是否我们也考虑养一只猫？

想想还是不行，我们不在家的时候，家里也不会有老鼠来供它消遣，四下清冷，猫也会孤独。

在我们不能对一个生命负责的时候，不要轻易让它走进我们的生命。

那也是对生命负责。

芊应该懂得。

一只猫纵身一跃，闯进了谁的梦，然后一切恢复平静。

生活的美在于从容

没有一个人
活着，爱着
是以他本来的样子
只有阳光是完全的赤子
除了照耀
它什么也没有做

——海桑

一下午什么事也没干，沉浸在自己的思维里。

晚间，静坐。

抬首瞥见蒋勋的《生活的美就在于从容不迫》。

很喜欢蒋勋的文字，浸透着某种“不惊不怖不畏”的佛家的从容和淡定，似乎随便一个转身即能发现生活的美，比如树叶上的一道纹路或者和母亲的一个不期的对视。

“生活的美就在于从容不迫”，我盯着这个名字。我喜欢从容不迫，听任风儿吹动裙裾，撩起发丝，只是不慌不忙地行走在街头或者乡村，不赶慌似的去奔赴某个报告会或者宴会。

就这样陷入遐思。

夏日的清晨，步行在田间小道，在去往学校的路上随手带上柳枝上蛰伏的一只铁牛的幼虫，留待下课的时候目不转睛看它在书本上爬上爬下，样子甚是滑稽。

放学回家，也不那么着急，看见树下有掉落的枯枝，就又随手捡了，回家升起炉灶上的炊烟一缕。即使突然下雨了也不要紧，随处都是荷塘，不紧不慢地采上一枚最大的荷叶顶在头上，就是一把现成的伞。

莲蓬成熟的时节，一放学就先到荷塘边侦查，看到有成熟的莲蓬就把它够上来当作零食吃了，可是大多莲蓬在水塘中间，根本够不着。没关系，到爷爷那拿上他新做的捕鱼网，就是一根长长的竿子，端头固定了一个网兜，用那玩意儿摘莲蓬可是一够一个准。

先瞄准目标，然后伸过去长竿，用网兜套住，反手一折，莲蓬就稳稳地落在网兜里。收回网，美美一餐，清香爽脆，好不开怀。乘着暮色悠悠荡荡回家，母亲的呼唤隐隐约约响起在村头……

初三了，晚自习下课，也不着急回家，不知是谁提议："到邵伯湖边上放篝火去！"

一拍即合！

于是，十多辆自行车齐刷刷"开赴"东大坝，邵伯湖边。

怎么会有火柴的，怎么就把篝火点起来了，不得而知。总之，青春的心映着那一晚的篝火翻飞的火苗还有澎湃连绵的邵伯湖水注定今生是忘不掉的了。

……

不知怎的，日子就开始飞起来，失却了从容。

只因为我们有了太多的“追”让我们始终处于“追”的状态：追速度，追效率，追闪光，追大流，追人群……直到自己被完全淹没。

摔倒的疼痛，缺氧的窒息又迫使我们停住。

可不可以按照自己的喜好，即使背离人群？有一天，我突然想。

于是，我真就这么去做了。

按照自己的节奏走路确实很爽快，但是一路的孤寂又让自己恐慌。

丛林的深处，没有人听到我的啜泣。

那里只有一望无际的暗，眼睛已经不起任何作用。

心里却始终觉得，只要脚步不停止，就一定会看见光。果然，明月升起！

……

恍恍惚惚间不觉来至单元楼下。

一个陌生的长发女郎，手握着一个长长的披巾，神态安然，从我身边非常从容地飘过，像那丁香一样。总觉得哪里不对——

她居然赤着脚！

蒋勋说，你必须活得像个人，才能看到生活的美。

孤独是鱼腥味的

人生总是走在路上。我的旅程
写着我一个人的清欢
恬淡，孤独
孤独是一种味道
如在飞的子弹。落地开花……

——郑海潮

去明月湖边散步，看夕阳。

荡秋千、玩沙子，芊什么都想玩，我静静地守在一边，也守在自己的世界里。时间不知不觉过去了。

等芊玩够了，我们依旧围着明月湖散步。

“好香啊！”经过有荷花的地段，芊停下来。

我以为她说“荷香”，也停下来，深吸一口气。荷叶有点稀疏了，莲蓬干成了标本。但荷叶的清香依旧浓郁。

“是蒜蓉香，小龙虾的味道。”

我一脸鄙弃，小煞风景。

芊却还在陶醉：“妈妈，你知道吗？我饿了。”芊揉揉肚子。

我笑："也好，也好。你可从来没有体验过饿的感觉，正好体验下。以后吃饭才香。"

继续往前走。

"嗯，我似乎闻到了空气中有'果然100'酸奶的味道，嗯，还是黄桃味的。"芊边走边比画，"妈妈，我跟你说哦，现在我看什么都有想吃的感觉，"然后故意瞪我一眼，"连你我都想吃了。"

我忍住笑。

湖中小亭有男低音传来，像是在低低诉说着心事。

走近，只见昏暗的灯光下，一个歌者在湖心亭中歌唱，曲调舒缓，还有点淡淡的悲伤，契合着某种心绪。

你是岁月长河
星火燃起的天空
我是仰望者就把你唱成歌
你是我之所来
也是我心之所归
世间所有路都将与你相逢
……

歌者兀自唱着，旁边的人兀自听着，互不干扰，又彼此交融。而我很快就在歌的意境中游荡。

突然——

"不行了，妈妈，我肚子咕咕叫的声音已经可以成为他的架子鼓啦！”

哈哈哈，我被“芊式幽默”一下子拽回现实中。我们往回走。

“妈妈，我真饿了。走不动了。闻到什么都是吃的味道。”

我故意逗她：“那星星是什么味道？”

“果冻的味道。”

芊凑近身边，让我抱她。我故意抱起她摇晃着：“妈妈的抱抱是什么味道？”

芊被颠得大笑：“疯狂的味道！快放我下来！”

“咦，你不是说要妈妈抱的吗？”

“姓妈的，你故意的！”

“呵呵，我没有。”

突然芊不动了。“妈妈，你看，那是什么？”芊指着天空。

“什么？”灯光太亮，我一下子看不到。

“大雁啊。”

“哦。”确有大雁影影绰绰。

于是两个身影，一大一小，站立着目送大雁。

“大雁是什么味道？”我莫名其妙地说。

芊很配合地舔舔嘴唇：“如果、如果在野外，烤大雁的味道。嘻嘻。”

“那孤独是什么味道？”我继续莫名其妙地说。

“鱼腥味！”

“鱼腥味？”我愣住。

我就是一尾鱼。

四十“惑”也不“惑”

三毛在《简单》里说：“我避开无事时过分热络的友谊，这使我少些负担和承诺。我不多说无谓的闲言，这使我觉得清畅。我尽可能不去缅怀往事，因为来时的路不可能回头。我当心地去爱别人，因为比较不会泛滥。我爱哭的时候便哭，想笑的时候便笑，只要这一切出于自然。我不求深刻，只求简单。”

都说四十不惑，今年正好我四十周岁，可“惑”一点不少。

四十了，我私心里感觉自己还没长大，身体里住着一个孩子。

跑着步，看见天空中飞来一只鸟儿，我会对它行“注目礼”，一直把它送到好远。

开着车，看见路边一堆茅草，还有几只牛，我会连车都不要了，拿出手机去拍景。

我会对着妈妈门前的芍药说话，告诉它们我其实也是这个家里的一员。

我会把贪嘴的猫咪轻轻抱在怀里，对它说这样很不绅士。其实它是猫小姐还是猫先生竟不确知。

我会看到某段文字情不自禁地落泪，有次乘出租车奔赴一个会场，只因看了一篇《一棵小桃树》的课堂实录，看到感动处，眼泪竟不自觉地滑落，赶紧下意识地抹去，奈何越抹越多，像阀门失灵的防洪现场，于是只得无视“的车”司机异样的眼光。

我最“孩子”的时候就是和芊在一起时，只要我有空，我们就能随便打成一团。芊最喜欢晚上回家后跟我到口袋公园玩了；我荡秋千比她荡得还高呢；我们两个同时坐下来就能玩跷跷板；追逐打闹那更不必说了，像两阵风；如果不是怕被别的小朋友“挤对”，我连滑滑板也想试试呢……

我经常被芊“教训”，比如我们两个出门，迎面走来一只黑猫，我自言自语幽幽说道：“一只黑猫，黑夜一样的黑！”芊立马回道：“不对！一只黑猫，它的眼睛像灯火一样明亮！”

我瞬间对她无比崇拜。

我经常被芊“套路”。比如看到她在练书法：“嗯，这个‘天’一撇一捺都很有味道！”“是甜还是苦啊？”我正蒙着，芊大笑：“我的傻妈妈！”我才醒悟原来她是在回应我的“味道”。

我经常被芊“感动”，她特别胆小，晚上出去一只小昆虫也会吓得她大叫，更别说猫了，所以她总要紧贴在我的面前走，她称这是“完美造型”，在妈妈怀里总归是安全的。有时走不了路，也为了锻炼她，我就不让她贴，并对她说：“放心，老妈就在这里，什么危险都别怕，老妈顶着！”她说：“真遇到危险怎么办？”我一挥手指着前方：“那你什么都不要管，直接跑就行了。”她又说：“连你也不要了？”

我没想到她会说这样的话，停顿了一下，果断地说：“必要的时候，老妈也可以不要！”突然她把身子凑过来，抓紧我的手：“不行！那婆婆（我妈）怎么饶得了我哦！”

哈哈，我又感动又想笑，笑着笑着眼睛竟有些湿润。

她知道妈妈爱她，也知道妈妈的妈妈也会爱妈妈。

我们都是有妈妈疼的孩子。

今天一天都给芊了，上午陪她弹琴，下午开家长会。

老师说，请经常表扬孩子的家长举手。

我对着“经常”两个字迟疑着，芊一扭头：“妈妈，你怎么不举手？你就是这样的啊，快举手！”

我赶紧举起了手。感激啊！

……

今天就到这了，明天继续写。现在，我最大的问题就是熬夜了。

今晚不熬夜。

生活很美，稳稳地向前。

一个成熟的人没有任何职责，除了这个：寻找自己，坚定地成为自己，不论走向何方，都往前探索自己的路。

我很信黑塞的话。

眼　神

让我把花束、把香气，把亮光/温暖和露水洒满你们心的空间。

——艾青

一

时光倒流到我的小学，五六年级时。

我记得那是一个六一儿童节，之所以记得清楚，是因为那时每年六一儿童节，学校的联欢会都由我来主持，也因此，母亲在每年的六一儿童节都会为我准备一套衣服——

白衬衣，黑裤子。

那一次，我穿的白衬衣上还绣了一朵花，裤子是宽松而有型的踩脚裤。我自己选的。

好像节目已经主持完了，我到学校的小池塘边洗手，心还沉浸在刚才主持的快乐中。突然，猝不及防地，一团黑泥甩在我的左肩上，再一细看，那朵花上也沾上了这讨厌的黑！我又气又急，抬起头来，就看见他："你干吗？"

我的语气里竟然愤怒得带着哭腔。

他是我们班里的学习困难户，且又是最调皮捣蛋者！我靠近质问，他一句话都没说，我只看到瘦瘦黄黄的他，眼神里充满挑衅，还有一种幸灾乐祸的东西。

我到处去找我们班主任，告这个龟儿子的状，可是找遍了各地，竟然没有找到，看到我们数学老师（小时候我因为数学不好可害怕数学老师了），我又语无伦次，结果只好不了了之。

我真的想不通，他到底为啥要有那样的举动，我是招他惹他了？

……

后来他初中没毕业就不上了，再后来听人说他喝毒药自杀，所幸，没有生命危险。有人问他为什么自杀，他说，他看到他妈妈了，他妈妈让他跟她走……

哦，那一刻，我的心里隐隐一紧，原来他那么小就没有妈妈了。

那样充满挑衅、幸灾乐祸的眼神里，竟然藏着一颗脆弱的心。

二

市“顾黄初杯”教学大赛。

我们提前一天进班和学生熟悉，主要就是领着学生读读书。

我发觉跟学生沟通，我好像不会有什么代沟，很快我们就熟络了。课堂上师生一片和谐，琅琅书声此起彼伏。见面结束，学生们还依依不舍：“老师，你是哪个学校的？”甚至还有学生问我要电话号码。

其中一个学生跟出来好远。

“老师，跟你说个事。”他语气恳切。

“什么事？你说。”我停住脚步，温和地等待。

“就是、就是，明天上课你能不能不要让我回答问题啊？”他的目光有点闪烁。

“咦，那是为什么呢？”我很好奇。

“我脸受伤了，我回答问题，站起来会影响我们学校的形象。”我其实刚才就看到他的脸上贴了一个创可贴，还蛮有喜感的。

我说：“你过来，我也跟你说个秘密。”我略带神秘。

他近前来，不明所以。

“你看，我的这颗牙是假的，前不久我摔了一大跤，大门就没了。我这样的还敢去上课，你为什么不能站起来回答问题呢？”很显然他被我的样子逗乐了，小眼神里闪出光。

“我跟你说哦，明天我可是一定会找你回答问题的哦。还有，你得帮我补场子，别的人回答不出来的时候，你来！”我充满期待地看着他，“这可是咱们的约定哦。你，就是你们学校的形象！”我又补了一句。

“好的，老师！”他的眼神里竟满是兴高采烈了。

第二天的课堂上，他真是举手最多的那一个！且问题回答得相当漂亮！

三

时光匆匆向前，我总也忘不掉这两种眼神。

透过这两种眼神，我常常想，每一个灵魂都各有姿态，只有走近，把步子放到足够慢，甚至停下脚步倾听，你才能真正了解，他们到底经历了什么，他们到底需要什么。

听，诗人秦立彦说——

冬天已经过去
旧的痛苦都随冬天死去
在北风里埋葬
由北风带走
春天如约而来
它从未背叛过万物对它的等候

鹅与狗的吵架

乡间小道，我、芊、菁菁，我们三个人抄近道去吃年夜饭。

芦苇一派旁逸斜出的姿态，伸到路的中心迎风摇曳，芊忍不住折了一束攥在手里招摇。

紫油菜的菜薹已经蹿得老高，黄的紫的格外显眼；荠菜的花也翘得老高，白白的一簇一簇。

“春天回来啰！”我故意惊呼。

“早就回来了，你才知道啊？”芊不以为意地晃动着手里的芦苇，边说边把芦苇放到身后。

“看，我长尾巴啰！”她鬼灵精怪地跳到我们的身边，“妈妈、姐姐，我长尾巴了！”

我和菁菁都笑：“嗯，尾巴够长！”

突然，经过一个池塘，一只大白鹅在水里游动，时不时地扑腾着翅膀。

“嘎——嘎——嘎——”它叫得粗鲁而大声。

我们仨跑过去看，这鹅长得真大。注意力瞬间被它黏滞。

“你们听，这鹅正在跟那边的狗吵架呢。”芊提醒我们说。

不说还没注意，那边果真有一只小狗，正跳脚似的“对骂”。

只听见——

这边"嘎——嘎——嘎——"。

那边"汪——汪——汪——"。

鹅"嘎"一声，狗就"汪"一声。这边"嘎"得急，那边就"汪"得紧。邪门的是"嘎"一声后面似乎专门留一个空隙来等着那一声"汪"。

我们仨瞬间成了兴奋的"看客"，眼珠盯一眼鹅，就盯一眼狗，我们好奇啊，一只狗与一只鹅，到底谁吵过谁。

狗是胆怯的，只敢原地"汪汪汪"；鹅就不同了，边"嘎"着边扑棱着上岸，愣头青一样朝向狗的方向。

看样子，这一仗狗"凶多吉少"啊！

"哈，这鹅也太凶了。"

"就是。"

我们有点不平，毕竟鹅是大鹅，狗是小狗。狗似乎被拴着，只敢出声不敢行动，鹅却来势汹汹，张牙舞爪。

哎，这唱的是哪出？鹅竟然朝我们飞奔过来了。

难不成，我们的不平把它惹怒了？

一看情况不对，我和菁菁撒腿就跑，芊却留在原地。

她想和鹅过招。

"啊呀，鹅咬了我一口！"芊嗔叫道。

我和菁菁停住脚步。

"我被鹅咬了一口，要不要打狂犬疫苗？"芊问。

“活该你。”不过被鹅咬，为什么要打狂犬疫苗？这是什么逻辑？“咬在哪里了？”

“哎呀，牙印已经被我抹去了。”芊挣脱了我的手。

哈，你个小骗子！

夕阳下，三个孩子你追我跑。

树连着树。

鸟唤着鸟。

我牵着你。

在期待春天中前行……

麻雀果子

我、我的母亲、我的芊，我们一同走在冬日的田埂上。

阳光很好，暖融融的；田野很绿，向四围铺展着。

我有种错觉，似乎这并不是冬天的田野，如果没有瞥见田埂边上的枯树和枯树枝的话。

本来已经走过去了，我又忍不住走回来。

“咦，看，我们小时候最喜欢玩的！”我扯着枯树枝上的一串也枯干的野果。

“麻雀果子。”母亲说。

“这黑不溜秋的模样，还真像麻雀。”芊凑过来，很好奇地把玩着。

“啊？这叫麻雀果子？我直到今天才知道它的名字。”我嘀咕着，用手扒开外面的壳，只一瞬里面哈达似的白就急不可待地冒出头来，还没等我像小时候那样对着它吹一口气，就见那一片白亮迅速在周边蓬松成一大团的白雾，然后嗖嗖地飘向远处，倏忽之间全没了影踪。

我愣住了。这似乎超出了我小时候关于它的记忆。

是时间久远了吗？

“啊，蒲公英啊。真好玩！”芊兴奋了，她在我们学校的操场上玩过蒲公英。春末的操场上长满了蒲公英，黄黄的花儿明艳动人，在这明黄之间就有一些老去的蒲公英，一个虚空的球形，不待风吹，只要手一抖，一朵一朵小伞就哧溜一下跑远了。芊就追着这些小伞跑，边赶着它们，边用嘴吹着，玩得不亦乐乎。

这会子她又起劲了。“妈妈，我也要一个。”

我帮她采了一个，又给自己采了两个。

芊研究着手里的麻雀果子。

而我又迫不及待地打开第二个果子，第三个。又是一阵蓬松，一阵消散……

我有点恍惚，我更像是急于打开一段记忆，童年的记忆。可是记忆里有关麻雀果子的更多的痕迹却遍寻不至。

“姥妈的，有你这么坑娃的吗？”芊大叫的声音传来。

原来风起之时，在下风处的芊猝不及防，早已被一团棉絮似的白包裹了，此刻她的发间、嘴角还粘着一两簇鹅毛似的东西。

我、我的母亲都忍不住笑了。

“别看这东西不起眼，用处可不小，上回永萍的妈被蛇咬了，就用这果子擦好了。”母亲的语气里有很认真的敬佩。

真的假的？我却是半信半疑。偷偷地把眼又瞧了剩余的那几个果子，它们和干枯的树枝一色，一点也不外显，低调、内敛，安安静静得像这随便一家的农户。

回来我就上网百度了一下，原来这不叫“麻雀果子”，叫“麻雀棺材”（谁起的名？一点不好听），学名叫萝藦。果然，它还是一味全身是宝的中草药，根茎真的可以治蛇咬，果子还可以治咳嗽。

据说，这种草药现在不多见了，而它就长在我们走的这个田埂边上，挂在一株干枯的树干上。

草木也是有性情的，像这“麻雀棺材”，既可以成为孩童手中的玩物，亦可以成为治病救人的良药，它真算得上是草木中的“君子”。

可惜我到现在才真正认识它，知道它的价值。

“我们也算帮它传播种子了，不是吗？”芊的话多少安慰了我。

我、我的母亲、我的小芊，我们又一同走在冬日的田埂上。

很庆幸，我没有生活在这个世界的外面。

生命里的那只“乌鸦”

那时芊还在上幼儿园。

“我是一只小啊小乌鸦啊！”芊边欢悦地唱边扭着小腰，她把“小苹果”切换成“小乌鸦”，还不亦乐乎。

“哎哎，宝贝，你确定你喜欢乌鸦？人们一般可不喜欢乌鸦哦！”下意识地我打断姑娘。

芊立马不跳了，立在一边，沉默。我感觉自己做了一件错事，赶紧上去“搭讪”：“是不是觉得乌鸦喝水的故事里那只乌鸦很聪明啊？”我在等待她说“是”。

“可是乌鸦怎么会上狐狸的当，受狐狸的骗呢？”面对姑娘这样的回答，我一愣，是啊，假如乌鸦聪明怎么会上狐狸的当？

这编故事的人，怎么总是拿乌鸦说事？

拿乌鸦说事，就该碰个头，都说好，或者都说不好，喏，这下好了，矛盾了。

我赶紧找个借口，逃离现场。

但是，这两只“乌鸦”在心头打架了。

看来啊，每个人心中都有一只不同的乌鸦！

而国人的心中似乎都有一只讨人嫌的乌鸦，他们本能地回避乌鸦，讨厌乌鸦，似乎看见乌鸦就代表不吉祥，就会倒大霉，走厄运！

可是，从未见过乌鸦伤人的事啊，怎么就如此的呢？

想起高中的时候，我曾收藏过杨澜的一篇关于乌鸦的文章：《苦学的日子，也是难得的好日子》。里面一段这样写道：

冬日的北京，太阳起得迟。7点多钟，我走在这条乡间小路上的时候，天还半黑着。走着走着见半天星辰淡去，一轮红日跃出青蒙蒙的西山，身负沉重书包的我，便在寒冷的晨风中有了高歌的欲望。冬天的田野硬邦邦的，没有生气，只有成群的乌鸦在寻早餐。不知怎的，我对乌鸦从来没有过反感。它们自食其力，不以声貌悦人，远远比学舌的笼中八哥讨人喜欢。中学生考试压力重，多少会有点儿迷信，比如有的同学相信穿某件衣服去考试运气会不错，有的认为考试那天早饭一定不可吃鸡蛋，等等。而我呢，常在心里盼着遇上乌鸦。我认为这些诚信的鸟儿会给我带来福气。若是遇上喜鹊，就大为恐慌，听它们唧唧喳喳的，心慌意乱。还好，田间的乌鸦比喜鹊多，我的考分也就常常有了保障。

每每读到这样的文字，心中总是莫名地欣喜异常。

是哦，自食其力的乌鸦是诚信的鸟儿，怎么就不吉利了呢？

就因为它穿了一身的玄衣，叫的声音有点声嘶力竭，应了人间的报丧的景儿，人们就避之不及吗？

但是古代诗词里又不乏乌鸦的身影：

“野鸦无意绪，鸣噪自纷纷。”

“枯藤老树昏鸦，小桥流水人家。”

“鸦噪树低无绝唱，乌啼月落有余篇。”

“乱鸦投落日，疲马向空山。”

“月明星稀，乌鹊南飞。”

……

观此，的确觉得是一个有趣的现象！难道有文化的人和世俗的喜好不同？

难怪人说，流言止于智者。

所谓智者，就是在俗尘之中能够客观分辨的人！

静言思之，作为一名老师，我也常常对闯进生命里的那只“乌鸦”怀了偏见。

铮，是班里的一个小“坏蛋”。个子小小，还着实很“坏”。七年级的时候，刚开学没几天，就有同学不停地给我“报告”铮的“恶行”．跟女生抢球啦，冷不丁伸出一条腿把后面的同学绊倒啦，跟谁打架啦，不停讲话捣乱搅得“左邻右舍”午休不得安稳啦，这学期前几天的晚自习竟然躲在草丛里猛走出来吓女生一大跳啦……总之这“坏”小子就是一“事精”。有一次班级询问情况，班里竟然站起来一大半的人直指对他的不满。

再加上成绩糟糕，铮无疑就成了班级里的一只“小乌鸦”，人人对他避之不及。上学期我总接到别的同学不愿跟他同桌的短信。于是大大小小的批评朝他袭去。

直到有一天，一次班会课，我让家长们给孩子写一封信，铮的爸爸这样写道：

儿子，这是爸爸第一次用这种方式跟你交流。虽然此时已到零点，我刚下班回家，尽管还是觉得很困，但是怕明天早上起不来给你写这番话，还是坚持吧。

儿子，记得你刚满月，爸爸就背上行囊，去了远方打工，那时心里面有多么不舍得啊，但是为了你们母子有一个好一点的生活环境，爸爸还是离开了你们。你三个月大的时候，妈妈带你去照相馆拍了一张照片寄给爸爸，我捧着照片看了又看，亲了又亲，每当收工回到宿舍的时候，第一件事就是拿出你的照片好好看看，想着你在一天天地长大，心里面就美美的，睡觉都笑出声。

儿子，一转眼你都已经14岁了，从一个小孩变成一个英俊帅气的小伙子了，爸爸似乎比以前更忙了，每天我们父子见面的时间也越来越少了。但是爸爸对你的爱永远不会变，爸爸多么希望你能和爸爸一起努力。当有一天我们老了的时候，才不会有遗憾，因为我们努力过，奋斗过，我们已经尽力了。可是我的儿子，我想问问你，你尽力了吗？你有想过你的未来吗？你有吗？如果没有，现在想还不算太迟。爸爸相信你，你一定行的，只要你努力了，尽力了，即使没有成功，也不要紧，因为你也一定会有其他收获。

儿子，最后爸爸希望你能把所有的精力都放在学习上，全身心地努力去学习。不要有丝毫的杂念，那样会让你十年寒窗付之东流，那样会对不起关心你的亲人，更对不起你自己！所以希望你能收起心神，好好奋斗三年，因为这三年对你以后的人生有非常重要的影响。

儿子，我的宝贝，你永远都是我心里的宝，爸爸也永远爱你，永远支持你。

我当着全班同学的面，深情地朗读了铮爸爸的这封信，老实说我哽咽了，全班同学也感动了，那个我们都不想搭理的甚至有点讨厌的“小乌鸦”——铮，在他爸爸的心目中也是一块无价之“宝”啊。

我认真观察过铮，上正课从来不随便讲话，被老师批评也很憨厚从不回嘴，见到人一脸的笑，眼睛本来就小，一笑眯成一条缝，可爱极了。教师节在假日里，放完假我发现办公桌上一朵鲜艳的布艺玫瑰静静地躺着，一问才知，就是铮送的！

蒋勋在《舍得，舍不得》里说，他曾经对刺青的人有偏见，认为他们是黑社会的，有一天看见一个刺青的人十分虔诚地在佛前一拜就是一整天，他对刺青的人的偏见突然消失了，顿悟：原来《金刚经》讲述普度众生的众生包括胎生、卵生、石生、湿生、化生……是这么回事。由此理解佛家的巨大的包容性！

是啊，任何生命都充满了一切可能。

作为一个教师更该有一份包容、慈悲之心。

电影《放牛班的春天》的旋律还在心头缭绕，一个音乐老师用自己的柔软的心和音乐的美妙旋律拯救了一帮被社会甚至家人抛弃的孩子的灵魂，使得他们重新步入正常的甚至超常的轨迹，赢得了别样的人生。

没错，任何一个生命都不能随便轻视，包括一只小乌鸦。

又一次芊放学的路上，我主动唱起了那句“我是一只小啊小乌鸦啊”，芊的热情一下子就被点燃了！她跟着唱着，还扭动着小腰。

一路洒下我俩的笑声……

第三辑　回忆，静默成金

忆起当年初登讲台

你成长的足迹里，有你母亲未竟的梦。

——题记

楼下，听音乐等人；忆起当年初登讲台。

我记得那一年暑假临近开学，妈妈硬是拉着我去做了两身套裙，一套淡蓝，一套土黄。

有点土气，但母命必遵。

妈妈一向是个仪式感很重的人。

从小到大，无论逢年过节，还是我们过生日，妈妈都会特殊对待。

哪怕就是过生日给煮两个鸡蛋，下一锅手擀面，那也必得隆重而特别。

至于过年，记忆中我和哥哥从来没有一次穿旧衣服、旧鞋袜过过年。时常是腊月三十的晚上妈妈不眠不休也要把我和哥哥的新鞋做好，衣服都是买的簇新的。

端午节的老虎符和五彩线是早就买好的，鸭蛋兜兜（盛鸭蛋的网兜，用五彩线制成）全家一起编制，我和哥哥一人一个。

中秋节全家一起吃月饼，用莲藕来祭拜月亮。

甚至在七夕节，妈妈也会说蹲在豆棵中一动不动能看见牛郎织女。虽然我们怕蚊子一次也没这么干过，但是妈妈说的话，我们真信。

……

妈妈总能把贫穷的日子过得温馨而闪亮。

我小时候，最喜欢的是冬天的晚上躺在被窝里，母亲在身边不远的地方点个灯打毛衣或者捻线团，我带着满满的安全感，沉沉睡去。

就算刮龙卷风也丝毫不能惊扰我们的梦，因为妈妈在（当时爸爸常年在外地）。

……

初登讲台，妈妈让我穿套裙，一是祝贺我成为“先生”，二是套裙可以让我看起来更成熟。

其实更是妈妈怕我被学生欺负。犹记得爸爸那时也三天两头笑我“黄毛丫头做老师，学生比你高两个头哦”，是玩笑也有担心呢。

……

突然地在音乐的悠悠声中忆起往昔，是我看到新教师的青涩脸庞受到什么触动了吗？

竟然眼前晃动着那一套土黄和淡蓝，其实那不是我的风格。

但母亲的心从此一直穿戴在身上，如影随形。

我要大声吟唱里尔克的诗——

椴树林中轻悄飘来
第一次的花开
我，在梦中勇敢地
看见你在树叶的绿色里
妩媚地以第一次的母亲操劳
为小小的童衣镶边
同时你还唱着一首小小的歌
小小的歌回响在五月

开吧，开吧，开花的树
深深在亲爱的花园
开吧，开吧，开花的树
我的渴望最美的梦
我要在这里等候

穿越2020，读懂“无言”

人经历得越多，越不爱表达；书读得越多，越明白自己无知；路走得越远，越知道自己渺小。

——题记

一

“老师，假期后再来就是下一年了，2020年的最后一天了，我们拥抱一下好吗？”元旦放假临放学前，学生孙学鹏笑嘻嘻地凑到我身边。

我迎上前给了他一个大大的拥抱。

待到学生散尽，我也收拾完毕准备回家，抬眼又凝望了一回天空，和平日一般无二的天空，却是2020年最后一天的天空。

甘中的这一方不大的天空，倒映了我多少匆匆的身影和无声的叩问？

经历了2020年，我更习惯与天地对话，在无声中穿行。

2020，多少生命搁浅在这个特殊的年轮里；

2020，多少心痛神伤在若许扎挣的心壑里；

2020，多少抉择牵扯在万千难舍的离别里；

……

无法言说，无可言说。

沉默变成唯一的语言。

或听着轻音乐绕圈散步，或在书店的角落翻动书页，或静驻在一棵树下虔诚地凝视着一座鸟窝，或浸润在一首诗的书写吟诵中，或干脆埋首在一个教学设计里……

我得让自己忙起来，忙起来就不用面对自我，忙起来就可以回避一些困惑。

请不要吵我，就像不要吵醒那盏感应灯。

不要亮，只在黑暗中摸索着就好；不用眼睛，有手就好。

闭上眼，一池残荷，挥之不去。

我不是悲观的人，为何如此？

清风撩起衣袂，发丝遮住面颊，一任脚步匆匆。似乎只要脚步一松散，心就会被疼痛霸占，莫名抽搐。于是拼命地跑啊，跑啊，以为可以忘记一切，包括悲伤，包括恐惧，包括不舍……

到头来，什么也忘不掉，反而更加清晰。

风吹过的声音，更清晰。

鸟振翅的模样，更清晰。

叶落地的瞬间，更清晰。

枝条斑驳的身影，更清晰。

孩子温柔的亲昵，更清晰。

……

二

禅绕画课堂，我们在线条里游走。听笔沙沙地跟纸交谈，忘却了时间。突然一笔游走得太快，漫过了头，也不必大惊小怪，另起一笔呼应即是，很可能这一笔就是整幅画最生动的所在。

禅绕画像极了我们的课堂。随时而来的一个意外，其实是最真实的生成，处理得当，恰是课堂最精彩的构成。

可是，在生活中，我们常常本能地去抵触猝不及防的遇见，不管好的还是不好的。我们常常没有审视自身认识的偏狭，就去判断对错。太害怕自身受伤或者伤害别人，真的是处理事情的最好方法吗？归根结底还是因为不相信，不相信自己也不相信别人，结果伤害更深。

2020让我们更看清楚一个现实，那就是我们只是这个世界的“忽然”而已。

如果说“物以类聚人以群分”，那么，灵魂共振的朋友，为什么不去珍惜？那实在是生命的馈赠，可遇而不可求。

我曾经不无沮丧地说，自己的每一步行走从来都与幸运无关，都是依靠自己单枪匹马的奋斗。现在想来，多么浅薄，多么无知。自己的哪一个脚印旁边少得了旁人的衬托？只是有人给的是鼓励，有人给的是刺激。只是当时不知罢了。

即便现在行至不惑之年，也依然任性与无知。只是只敢在信任的人面前任性，而无知却是包裹不住的，随时暴露，无处隐藏。

而这些总是被包容，被宽恕，被善待，还敢说自己不幸运？

为什么就没胆去正视自己？那个天生有短板的自己。

心里有个声音，在默默对自己说。

三

元旦，我只干了一件事——陪我的母亲。

“我现在不喜欢跟我年龄差不多大的人交流，她们总是几个人一站就谈这家那家的不好，我真不喜欢。”母亲说，“我喜欢跟年轻人在一起，跟年轻人都谈得来，人家还夸我心态年轻呢。”

我笑着回应母亲：“有几个像你这么大的还玩抖音？”

“嘻嘻，上次俞乾（我堂侄）还说我潮呢！”母亲一脸的骄傲。我跟着大笑。

然后，我挨着母亲看电视，眼睛疼，我戴上我的护目镜。

一坐到母亲身边，时光仿若回到从前。很奇怪，我和母亲似乎有谈不完的话，电视面前，我们还是有一搭没一搭地说。

突然母亲说后背心又疼了。我让母亲趴下，我来给她按摩，没两三下，我就找到了母亲的痛点。“我在家你爸也给我按摩了，就是找不到穴位，你一下就找到了。”我竟有点得意——

“以后，我就是你的专职按摩师了。”

晚上躺下，眼睛干涩，我就多滴了几滴新买的眼药水，又觉不够，索性又挤了很多，并不在意。

早上起床，头晕目眩，差点失去重心平衡，难道是眼药水过敏了？似乎没有别的理由。母亲在我不远处，我用尽全力控制着自己的身体平衡。

绝不能倒。

小时候，我在母亲面前可是最爱撒娇的，有豆大的痛能喊出桶大的痛来。

而今，我却不敢暴露一丝一毫的不适。

母亲花白的头发在无声地对我倾诉着她对我的依赖。

四

高山雄尊
流水潺湲
徜徉其间
心契无言

念着这样的句子，合上书卷，我更愿意独行一段幽幽的小路，什么话都不说。

忘记从来都不需要努力，需要努力忘记的就不要忘了，听从自己的心，用真心去善待真心就好。

下雪了，这是谁写给我的无声的诗？

哦，竟过了这么久我才读懂那无声的诗行，从来平淡才能走向深远，浅白才能行至浓郁，这个道理我为何现在才知？

好在，一切不迟。

感恩，走过的 2020。

蚯　蚓

一

连日阴雨，走在湿漉漉的校园的柏油路上，总想起春天的时候路面上爬满蚯蚓。

我单知道菜地里有蚯蚓，我不知道雨后的校园的柏油路上竟然爬满蚯蚓。

小时候，和妈妈一起种红薯苗，一锹下去，总能看到蚯蚓，妈妈说，看吧，这地好，有蚯蚓。当时不明白，为什么有蚯蚓的地方，就是好地。

关于蚯蚓，其实，印象最深的是帮助哥哥们挖蚯蚓做钓饵。我自己不会钓鱼，至今一条鱼也没钓上过，可是哥哥们钓鱼像是钩上有神器，一会儿就能钓上一条。如今老舅更是买了钓鱼的全套设备，甚至连阳伞都备上了，钩上也似乎有“吸鱼石”，跑近看，鱼钩上左不过还是小蚯蚓。

舅舅的鱼饵都是买的，哥哥们小时候用的鱼饵，可都是我们动手挖的。

就在屋后，随便找块地，随便地一挖，两三条，再一挖，又两三条，旋即就能装满一小瓶。这边我挖得兴致还未满，那边哥哥们就叫嚷着："够了，够了。"撒点米或者糠，打个"堂子"，就静静地站着不动，看鱼凫动来动去，猛一沉，轻轻一拖，一条鱼！我自己钓不上来，但因为挖蚯蚓有我的份，所以觉得那钓的鱼里有我一半的功劳。

小小的蚯蚓里满满的童趣。

后来一段时间，地里的蚯蚓少了，很难找。说是污染严重了。

生活的节奏匆匆，谁来管这小小的蚯蚓？于是似乎谁也没把它们放在心上。

又过一段时间。每当春夏交接的雨后，学校的柏油路上经常这样爬满蚯蚓。一条，一条。有点瘆人。

等阳光出来，一条一条的蚯蚓都变成了蚯蚓干，许多人还是脚步匆匆。

而我却不淡定了。

二

那天做课前三分钟演讲的是研。研是个单亲家庭的孩子，爸妈离异后，妈妈不知所踪，爸爸去了外地打工，常年不回家。研一直跟着爷爷过。第一眼看到研，在人群中很突出的是他一脸的阴郁。说实话，我心中一紧。后来我故意让研做了体育课代表，故意多和研谈话，故意和研开开小玩笑。研的眉头渐渐打开了。那天就是这个研演讲。

他轻轻地站在讲台上，语气很轻：“我三岁父母离异，七岁，我的奶奶去世了。”研几乎是一字一顿地吐出这些个字的，但字字坚定，班里静极了。

接着好长时间的停顿，没有人催促。人们屏着气，包括我。

“从小我就觉得和别的孩子不一样，总感觉我少些什么。”

又是一阵停顿，我在心里做深呼吸。

“在小学，因为我的家庭背景，别人似乎对我非常疏远，我时不时受到别人的嘲笑，所以感觉自己比别人低一等，在同学面前的我感觉十分自卑。我几乎没有活下去的信心。”

我一个字一个字地仔细听着，眼眶有点发红，悄悄低垂下头。

“在五年级的时候，一次放学，偶然遇到了一个女孩，她看见孤孤单单的我一个人走着，主动先问我：‘没有人接你吗？’我一脸狐疑地看着她。她告诉我她其实跟我差不多。她的父母都不在了，就她一个人。顿时我的心里就觉得跟她亲近了不少。那天我跟她聊了很多。聊着聊着她突然问我：‘恨你的母亲吗？’‘恨！’我说。‘啪！’她抬手给了我一巴掌，我当时完全蒙了，觉得莫名其妙。但当我回头看她的时候，她落泪了，不知道为什么。她流着眼泪说：‘至少你还有父母在,你以为你的父母不爱你吗？只是没有能力爱，并不是不爱。’我当时真的，不知道怎么说，半路来个人聊得正起劲，突然被打，真的莫名其妙。

“一连把她的话想了好多天，终于有一天，突然觉得，其实自己也没有那么惨。比起那个女孩我至少还有父母在。于是我内心活下去的信心多了许多。”

他讲这一段故事的时候，只是偶有停顿，比之前顺畅多了。我们听得惊心动魄。

接着他说：“她改变了我的一生，不是她，我早就不想活了。其实人生中不需要一件大事，只是一句话，或者一个字，或者哭泣后的微笑就能改变一个人，所以我今天演讲的题目是《一句话改变一个人》，谢谢！”

演讲结束了，教室里掌声雷动，很多孩子眼里含着热泪。

我亦是。

三

一杯清水，一支红笔，坐着改作文。那次作文题——《我的故事》，写得不错的文章不少，我很惬意。比起七年级的幼稚，八年级的文字老练流畅了很多。一年的日记没有白写，一年的课外阅读没有白读。突然读到了时星的文章，时星是个很胆怯的女孩，总是绕出人群行动，体育课上、课间总见她一人在人群边缘或站或坐，目光遥远。广播操跳跃运动她从来不做，跑步跳跨基本免谈。她似乎不敢正视别人的眼光，她太害怕别人对她的评价。但是这个女孩在写作上就是有才，每每读完她的文字我总在全班对她大夸特夸一顿，这时常常看见她羞涩会心的笑容漾起。又读她的文字，淡淡的如水般的叙事，如流水般流畅。但我面对此文，心中一痛，久久也不能释怀。

文章如下：

我的故事／时星

刚上小学时，一切对我来说都是新颖的，但若是我知道戴上红领巾后的某一天对我意味着什么，就算那天一整天旷课我也不想去面对。

阳光明媚，天气晴朗，而此时的我心里却阴雨绵绵，粗心大意的我忘记戴红领巾了，走到学校门口，我犹疑再三，转而望向身边的妈妈："妈妈，我忘记戴红领巾了，你去帮我买一条好不好？"

妈妈当时也不知道有什么急事，边推我边说："快进去吧，不就是一条红领巾嘛。""可是……"话还没说完，妈妈就只给我留下一道模糊的背影。

我站在原地，走也不是留也不是，最后只好硬着头皮进校园。

忐忑着就要走进教室，一个戴着红帽子，貌似三四年级的同学叫住了我……

接下来便是噩梦的开始，也不知是第几节课，班主任火冒三丈地问："谁没戴红领巾，站起来！"不明所以的我站了起来。

满地的书，老师愤恨的眼神，歇斯底里的声音："你干脆不要来上学了！"40多双眼睛看着我，我不知道是站着还是坐着，掉落着眼泪，世界里一片灰暗。

傍晚，夕阳洒满校园，妈妈和老师并排走在前面，我跟随着走在后面，她们谈着话，我则始终沉默，记忆中这一天也是沉默的。

我的生活里都是小事，可是小事却改变着我。

我记得上小学前的我是开朗大胆的。

四

下雨的路上，我常常害怕踩着一条蚯蚓或者别的什么。

总觉得有条蚯蚓就像《蚯蚓日记》里的蚯蚓男孩。

它们就是这样那样被人不小心踩死了，成了蚯蚓干。

荀子云：“蚓无爪牙之利，筋骨之强，上食埃土，下饮黄泉，用心一也。”

可是再“用心专一”的蚯蚓，怎么啃得动这坚硬的柏油路，怎么受得了人类蛮横的脚踏呢？

不知为什么，我看着柏油路上的蚯蚓，总会莫名地想着我的学生们，尤其是那些或者家有变故内心有伤，或者性格内向不善表达，或者怎么努力成绩总也上不去的学生。

他们其实也有自己的梦想和快乐，也有很多的彷徨和惊慌不知道对谁讲。

请等——一——等！

没有人停下来等待。所有人都在拼着命地赶路。

生怕下一个掉队的那个是自己！

学期末，走在冷雨中，地上没有蚯蚓，我心里却始终看见有“蚯蚓”在委屈在哭。

我真的很抱歉。

可是除了抱歉，我还能做什么？

只有捧起书，读周国平的《灵魂只能独行》——

作为肉身的人
人并无高低贵贱之分
唯有作为灵魂的人
由于内心世界的巨大差异
人才分出了高贵和平庸
乃至高贵和卑鄙

木槿花

汪曾祺在《昆明的雨》中写道：

“一棵木香，爬在架上，把院子遮得严严的。密匝匝的细碎的绿叶，数不清的半开的白花和饱涨的花骨朵，都被雨水淋得湿透了。”

第一次读这句子，身与心就都被慑住，仿佛那一簇簇白花白瓣就在眼前，美得不可方物，须屏住呼吸，否则那饱蘸雨滴的花骨朵会因承重不住而坠落。

不知怎的，记忆的田野里斜插进一朵木槿，也是带雨的。

确切地说，不是一朵，而是一墙。

那时的我，小小的。木槿花的每一朵都高高地在我遥不可触处摇曳，常常令幼小的我神迷，每每路过那儿，我便会逗留好久。

下雨的时候，木槿花含娇欲滴，通体清澈透亮的粉紫，明媚的粉紫，像一个粉紫色的梦。

其时，也并不知此花名为“木槿”，因读汪曾祺的“木香”，疑它也是木香，一查方知：

原来是木槿。

那是我外婆家的邻居的篱落，没有护栏，没有网，只是一排的木槿。

邻居其实也是我本家的外公，是我们这一带比较有名的医生，我们称他为“毛毛公公”。

大约“毛毛”是他的乳名，不得而知，只听妈妈辈称他为“毛毛爷”（爷，在我们方言里就是叔）。

但凡有个头疼脑热，我妈必带我们来给毛毛公公看。

翻看一下眼睛，切探一下脉搏，每回都是温温柔柔的笑脸：“打一针就没事了。”

我整个小身体都在瑟缩，都在后退。妈妈一把钳过来，抱在身边，于是时间夹带着呼吸都要停止了。我不敢哭，只在身体里面号啕。

于是，每回看那温温柔柔的笑脸我都藏着严肃和敬而远之。老远看见了，叫一声：“毛毛公公。”便飞一般逃窜了。

毛毛公公引以为豪的不仅仅是他的医术，还有他的一双儿女，都是大学生。

那个时候，村里有大学生是很不容易的，我外公的村里一下子就有三个，还有一个当然是我舅舅。他们那一年可都考取了本科。

永军、永红、永兴，都是老王家“永”字辈的。轰动一时。

我那时还是不谙世事的年龄，每每在木槿花下停驻，看那高高枝头的开得明艳异常的木槿花时，总想摘下一朵来闻闻。外公看见了，只说：“那花有毒，不能碰。”

我信以为真了，从此只远远看着，不敢摘。

外公又说：“我们春霞要读书的哦，舅舅他们就是你们的榜样！你妈妈当年没条件，你可得抓住机会。”

在明明艳艳的紫色中来往了一年又一年，外公的话说了一年又一年。

某年某月，木槿花没了，毛毛公公没了，我外公外婆也没了……

只有我在远方的风中，想念当年的木槿，一墙繁盛，在雨中带着一身的泪滴。

鲁迅在《好的故事》中写道：

河边枯柳树下的几株瘦削的一丈红，该是村女种的罢。大红花和斑红花，都在水里面浮动，忽而碎散，拉长了，如缕缕的胭脂水，然而没有晕……大红花一朵朵全被拉长了，这时是泼剌奔迸的红锦带。带织入狗中，狗织入白云中，白云织入村女中……在一瞬间，他们又将退缩了。但斑红花影也已碎散，伸长，就要织进塔，村女，狗，茅屋，云里去。

“《好的故事》，”学生说，“根本没有故事，读不懂。”

“那就一起去读呗。摇一橹小船，在波光云影中行进。”

“看见‘两岸边的乌桕，新禾，野花，鸡，狗，丛树和枯树，茅屋，塔，伽蓝，农夫和村妇，村女，晒着的衣裳，和尚，蓑笠，天，云，竹’……”

“为什么看见这么多？”

“船行得快啊！各种景变换得也快。”

“景物都有什么特点？”

“‘乌桕，新禾，野花’代表着生命力，‘鸡，狗，农夫和村妇，村女’，代表着乡村，乡村给人身心放松的随意感，‘丛树和枯树’代表生命的新陈代谢，‘塔，伽蓝，和尚’代表着信仰，‘蓑笠，天，云，竹’那是一种自由广阔高洁的象征。”

“还有所有的景物无不镀上一层日光：各各夹带了闪烁的日光，并水里的萍藻游鱼，一同荡漾；边缘都参差如夏云头，镶着日光，发出水银色焰。”

“如此，这个‘好的故事’是一个关于光明的故事。”

可是——

“一丈红”“大红花和斑红花”“胭脂水”“红锦带”“斑红花影”，又代表着什么？

学生们开始头脑风暴了。

有的说：“红色，是血色，是鲁迅笔下的人血馒头，是革命者的鲜血。”

立马有人反对了：“这是一个‘好的故事’，如果是人血馒头，是鲜血，那是一个恐怖的故事好不好？”

于是课堂上两拨人开始争辩。

似乎，故事越来越明朗，一定是向着“好”而去的。

可为什么是如此火红的背景？

“火红”是不是代表某种希望？那在鲁迅心中摇曳的大红、斑红，也许也夹带着鲁迅对故乡的丈红最温馨的记忆。

清晰记得鲁迅在《朝花夕拾》中曾言：

带露折花，色香自然要好得多，但是我不能够。便是现在心目中的离奇和芜杂，我也还不能使他即刻幻化，转成离奇和芜杂的文章。或者，他日仰看流云时，会在我的眼前一闪烁罢。

也许那几株“一丈红”，那“斑红花影”正是鲁迅记忆中的带露的朝花。

一如我心中的那带露的木槿。

红薯和洋芋的故事

门口三盆绿植：

一盆红薯，一盆芦荟，一盆洋芋。

主人是个特别懒的妇人。

红薯是忘了吃，一个假期之后自己长出芽来的；芦荟是朋友送的，贪慕它生命力旺盛；洋芋买回来后，突然不想吃它了。

门口搁置三个空花盆，三个空花盆里的土似铁，几乎没有生命能在里面存活，生机勃勃的葱在里面不到数日也蔫了。

主人把忘了吃的红薯、朋友送的芦荟、不想吃的洋芋，渐次地丢在这三个空花盆里。

“能活就活下去，不能活，也怪不得谁。”主人幽幽地说。

红薯和芦荟最先生活在一起，芦荟爱上红薯的时候，红薯吓了一跳，因为她没有思想准备，她一直期待着能和另一个红薯有一段爱情，而不是跟芦荟。

但是四下无人，孤寂无声，只有芦荟的絮絮叨叨，帮她驱散了寂寞。

“没有哪一份爱情是圆满的，爱一个人比被一个人爱艰难多了。”人们总是喜欢这么说，于是红薯默认了和芦荟的爱情。

红薯越长越挺拔，芦荟却始终是那个高度，红薯看到了很多从前没有看到的景，欣喜地跟芦荟分享，芦荟总是说，每个人有每个人的快乐，你看到的景也不一定就是最美的。

红薯知道站在芦荟的角度，芦荟说得没有错，但是站在她的角度，她隐约觉得哪里不对。

她的热情、好奇、撒娇、喜悦，到芦荟那里总是会被冷却好几度，有时会冻得她直打哆嗦。芦荟也关心她，用他自己的方式。

她变得越来越沉默，藤蔓开始滋滋滋地生长，只是谁也不知道她的每一条藤蔓的端点处都挂满了落寞孤独。

直到有一天，主人把一个大土豆放在他们的旁边。

主人的心思很简单，她想红薯都能长得这么好，块头这么大的洋芋更不用说了。

主人实在是个粗糙的妇人。

不知怎么，红薯看见洋芋的那一刻起，她就觉得他们似曾相识，那种相识像是上辈子的渊源，说不清楚。洋芋看见红薯也很喜欢，只是在红薯挺立的藤蔓里，洋芋一眼就看出了红薯的孤独和惆怅。

红薯知道，洋芋未来会开出一朵一朵特别美丽的淡紫色的花朵，主人的母亲曾经也种过一个大土豆，后来开出了那样的一朵一朵绚丽的紫。

红薯宝贝洋芋，红薯在意洋芋。

洋芋喜欢红薯，洋芋在乎红薯。

他们之间的心意，不知不觉在淡淡幽幽中蔓延。

但他们都知道，他们中间有那株芦荟，沉默的、委屈的、畸斜着的芦荟。

洋芋从不越界，每次越界打招呼的都是红薯。

有时红薯也抱怨，洋芋不像她爱他那样爱她。

可是抱怨完了，红薯总是忍不住。她的藤蔓里藏不住太多的痛，有时一晚上过后，她的整个藤蔓都会耷拉，吓得主人以为小偷光顾过，没偷到东西揪了一把红薯叶。

洋芋的痛从不表露，他把自己的痛藏在身下。

红薯给了自己一段冷静时间，她想搞清楚，自己和芦荟的关系到底如何；她想最后再找洋芋聊一聊，若她想要慢慢靠近洋芋，她需要先越过芦荟的身躯，碾碎他，然后看着他萎靡。

红薯的心发颤。

芦荟的思维太单纯，也简单，他没有做错什么，他只是活在自己的世界里。

……

另一边洋芋在疼痛，一直疼痛到红薯的心里。

红薯心里在喊："离开我，离开；不要痛，不要痛！"手却在空中紧握想要拖拽另一双手。

洋芋终于走了。

红薯的心空了，却也轻松……

她使出全身的力，所有的努力，一次一次向自己证明，放下是最好的选择。现在她也使出全身的力，让自己的每一缕藤蔓都挺直，告诉自己：

从此，她要学会一直笑。

主人下班了，她看到了勃勃生机的红薯，举起自己的手机拍了又拍，她第一次觉得自己做出了一件多么伟大的事情：

花费最少的时间，养出最美的绿植。

主人实在是一个无聊且蠢笨的妇人。

紫 苏

这古老的火焰多么值得信赖
这些有根带泥的土豆、白菜
这馒头上的热气
萝卜上的霜
在它们中间
我不再是自己的陌生人
生活也不在别处

——娜夜

南方，水平镇，一个农贸市场。

初秋的早晨，八点多的光景，阳光还不算强烈，此刻它跳跃在刚洒了水的翠生生的菜叶上、鲜果上，小摊贩的漂浮着青绿葫芦的水桶里，放鱼虾的木盆里，卖菜老妇的银发间和她们脸上深深的沟壑里……

一簇嫩茄子先吸引了我，我的手伸向那一堆紫："老板，这个多少钱？"

老板是位60岁上下的女人，人干瘦，但很精神，她操着我听着很费力的南方话："两块八，家里种的。"

我一听，顿时更添几分兴趣，嫩茄子可蒸可炒，妙极。于是称了一些。

看到旁边有个胖椭圆的果子，没见过。"这是什么？"

"木瓜。"

这就是木瓜？"投我以木瓜，报之以琼琚。"《诗经》里的这首应该是南方人写的，不然像我们扬州没有木瓜的地方，只会说：投我以饭瓜，报之以瓠子。

这么一想，不觉嘴角一弯。手不自觉触到旁边一小束紫色的像苋菜的菜蔬。

"那这个呢？"

"字数！"老板垂眼一看，大声说出两个字。

"啊？"我一脸茫然。

"字数啊！"老板声音更大了。

我眨巴着眼睛，还是不明白。

"紫苏。"一辆电动车突然在身边停下，车上女子微笑着帮忙解释，她正好路过，大约知道我是个外地人，听不懂本地口音。

"哦——"我像是被人点了穴位又突然解了穴位一样，一下子通了，原来小鹿她们前几天一直在说的食堂菜里有的紫苏，就是它啊。那菜细细碎碎，根本看不出紫苏长什么样；各种味道混杂在一处，不知哪一种属于紫苏。

我又用指腹轻轻触碰一下紫苏的叶子，像是触碰好朋友的脸颊，密密的肌理纹路从指间滑过，世界都瞬间安静了。

我看了半天紫苏，像是欣赏一件艺术品，突然觉得不买点实在不好，其实根本不知道紫苏怎么个吃法。

“这个多少钱？”

老板报了个数字，似乎也不太贵。

于是我买了其中的一束，像是送给自己的一束花。

又转了一圈，这个南方的农贸市场变得更活泛起来，它其实没有扬州市区的菜场那样物资丰富，甚至也没有扬州小镇里的菜场那样宽敞，但是我在这里看到了我从未见过的紫苏。

就像见到了一见如故的朋友。

一路上我就在想，紫苏，紫苏，多好听的名字呢。这是谁给起的名字呢？学校里有一种花开得特别美，却有一个特别俗气的名字：红鸡蛋花。

植物的名字可也有雅俗之分呢。

回家一查，原来是华佗起的“紫舒”，后来人们就叫它“紫苏”了，个人觉得“紫苏”比“紫舒”文气雅致。紫苏的用途也不俗，对女性尤其好。可与姜丝薏仁一起炒干泡茶，也可煲汤，总之能够暖身祛寒湿。

本来还想查一下紫苏的做法，后来做红烧粉丝，转念想从前在家做粉丝用的是青蒜嫩叶切的丝，紫苏也是可以调味的啊，于是把紫苏切碎。刚切第一刀，一阵清香直沁鼻端，愉悦的因子从身体内往外漾。

待到全部切碎放入粉丝中搅匀，果然是不一样的感觉，紫苏的香包裹了每一根粉丝，粉丝轻吮入口，余香跟着流入唇齿之间，不一会儿盈满整个口腔。

“我太喜欢这个粉丝了，跟家里做的不同，但不知道为什么我就是特别喜欢这个味。”芊吃完咂吧着嘴说。

紫苏的香如它的名，淡淡雅雅的，恰到好处。

紫苏在南方并不名贵，是种非常常见的野菜，但是通身是宝，我望着它，想起家乡的蒲公英。春末夏初，母亲总要在田埂上采上很多带着黄球的蒲公英，晾干切碎放在一个透明的大瓶子里，给我和哥哥各一瓶。

“拿着，当茶喝，败毒的。”母亲淡淡地说。

我不知道哥哥喝了没有，总之，我没有喝过。每年冰箱里搁着，也很占地方，想扔掉，到底不敢辜负母亲的心意，在下季母亲牌蒲公英茶未出之前，就一直搁着。

现在，我竟想着要喝点蒲公英了。

终于视频连线母亲，还没说话，母亲的白发就占据了整个视野。几天没见，母亲头上的白竟像极了老了的蒲公英。

我想跟母亲说南方的紫苏，但终究没有，寒暄几句，挂断了视频。

诗人说，我不爱一个猛烈加速的时代，这些与世界接轨的房间……朝露与汗水与呼啸山风的回声——我爱，一间农耕气息的厨房和它，黄昏时的空酒瓶，小板凳上的我。

我说，我只要一间厨房，母亲和我。

三 月

三月在门外飘动
几根竹子摇晃
有人从地下潜泳
暴风雪已过
蝴蝶重新集结

——北岛

我生在三月，我的外婆殁在三月。

于我，三月是一个生死交替的时节。

常常从午睡中惊觉，伸出双手举至眼前，怔怔发呆，诗人说，手指的寿命远远敌不过它手握的笔写下的文字。

推开门，恍惚得有点不真实。

一片金黄的菜花在风中摇曳，那晃动的金黄并不在眼前，在遥远的那个三月，一个少年卧在菜花地里手捧着一本书，菜花摇进书页，就成了天然的书签；衣服上随处点染的金黄就成了最朴素的鲜妍。

站上石墩，找寻金黄的边际，也找寻那个安安静静的有着明媚眸子的朴素的身影。风掠过菜花地，我的心中似也有东西掠过，一阵刺痛。

俯身跃下，踏上一处空地，野草悄悄蔓延，芦苇暗自起伏。径自看着，耳边忽闻那熟悉的鸟鸣，“呀——呀——”似裂帛的声音，是它也在惊讶吗？我们似曾相识吗？它在我的头顶盘旋又盘旋，终于一个俯冲在不远处停下，只不一会儿，就又在我的上空盘绕，眼见得距离越来越近，一个抽身又飞远了。我站着不动，眼睛愣愣地追寻着它的黑影。亲爱的，去年六月，在学校的操场那一声长啸应和着我的朗诵的是你吗？

一定是的。我不知道哪里来的笃定。

最后深情望一眼跟那个黑影告别，它静静不动，似也在深情看我。终于那个小黑身影淡了。粼粼波光前，默默驻足。波浪雍容地迈着步调一致的步伐向前，各种细碎有致的皱褶在波浪与波浪之间散播开，使得波浪与波浪之间亲密地连接着，各种光亮在水波之间跳动着，“浮光跃金”这样的词一下子跳出来，也许真的没有别的比这更合适了。情愿就这样一直痴痴地站着，一直。

终于还是走动起来，一条逼仄狭长的小道一直延伸到麦田的深处，仅容前脚和后脚交替行进。麦青味夹着泥土特有的味道，也许只有出身农家的我能敏感地捕捉。爽性闭上眼睛，原地待发，风柔柔地从两颊间滑过，身体不由得舒展，它似乎也期待风能柔柔地抚平每一处褶皱，包括心的最深处。

睁开眼，田埂旁的一瓣草叶上居然顶着三四个圆滚滚的露珠，蹲下来，和那几粒晶莹对视，我的世界竟在小小的晶莹里越来越清晰……

忍不住伸手触动草叶，透明世界消失，露珠訇然坠地。

“你三月生的，我也是三月生的。”麦田里凭空多了两个小声音。

“我凭什么叫你哥？你的生日还没我大呢。该你叫我姐才对。”

“那我比你大两年呢。”

“不管，生日没我大，就得叫我姐……”

猛地站起身来四下寻觅，猝不及防，一个趔趄，眼角莫名滑出一辙潮湿。

哦，是那露珠爬上来。悄没声息。

只一晃，我和哥都已摇进中年。

而我们那位只比我大了九岁，比哥大了七岁的舅却嬉笑着：

“哈哈，终于到了可以被人照顾的年龄啰，真好。”

三月是远行者上路的日子
它们从三月出发
就像语言从表达出发
歌从欢乐出发
三月连羔羊也会大胆
世界温和，大道光明
石头善良

你听，诗人在唱。

星星，祝福你的高考！

明天高考了，属于你的高考。像一个节日一样！

此刻，学校剧场里有晚会演出，像是专门献给高考的你们的。学生们都去了，我在教室里，哪儿也没去，想着你的高考。

想你此刻在干什么。

广东在下雨，我印象中每逢考试季都下雨。

就在刚刚，撑着伞，我在操场上转了两圈。

有那么一刹，我突然停住脚，抬眼，一株不知名的藤蔓，在网状的镂空的围栏上已经爬得很高。心状的叶子调皮地从藤蔓里眨着眼睛，摇着手臂，踢着腿，顶着一两枚雨滴，像是跟我炫耀似的，又像在跟我打招呼，又似乎在告别。

我呆呆地看着，藤蔓却稳稳地立在风雨里。

我凑前去，仔细瞧，发现那藤像是被熟练的编织工拿那最软的编针编进网状的围栏里，或者根本就像是从围栏里长出来的。

一株生命就这么稳稳地向上！每一株生命都天然地向上！

星星，你说生命本身多么神奇。

雨还在下着，突然我很好奇，常州下雨了没？上网一查，晴。

哦，网络让我们似乎能靠得很近。

但是，印象中我们在一起的时间寥寥无几。

记得你刚出生的时候，我25岁。星星我比你大25岁。我刚刚上班不久，我一知道你出生，就莫名地激动，直接一个人从扬州乘车去常州看你。

那个时候，常州站没有直通的车到你出生的那个医院，打车也没有现在方便，需要拦车，需要等。一出车站，我为了更快一点，看到车站外面的摩托车，直接坐了，狂飙了好几公里的路，12月的天气，你想想。但是很奇怪的，印象里就是没有冷，只有早见到你的那份渴盼，那份欣喜。

你奶奶知道我坐的是摩托，深怪我，说摩托车不安全，还说如果是黑车怎么办，又说"多冷"之类的话。我当时对她的担心不以为意，尤其当我看到你，那一团粉粉的小身体时，别的什么都听不见了。

哇，你的手，瘦瘦的，长长的，脚也是，小脸还没有我的手掌大。

你爸爸非常得意地说，你一顿能喝120毫升奶。

那神态就像他当年高考获得高分一样。

护士把你抱走了，奶奶紧紧跟着，奶奶说："可不能跟别的孩子抱混了，我们家女孩也宝贝的。"

渐渐地，你长大了，皮肤那个白啊，奶奶经常说，是太奶奶改变了我们这一房的皮肤，因为她实在太白。可是我们这一大家子除了阳阳娘娘，就是你最白了。

你们两个最是遗传了太奶奶的白，白到发光。

可是有一天，你却说："娘娘为什么你的眼睛那么大，我爸爸眼睛那么小，我的眼睛也小。"

我被你逗笑了，捏你的小鼻子："你爸爸小眼睛聚光啊，从来没有近视过啊。"

再大一点，我带你在田埂上疯跑，这是我跟你爸爸小时候奔跑过的田埂啊，你肆意地奔着跑着，笑声像蒲公英的种子在风中画一道音符。你跟我说，你坐着飞机去过哪里哪里，你说上飞机你的耳朵会痛，张开嘴就又不痛了。你模拟着捂着耳朵，小嘴巴一张一合，那样子太讨喜了。我忍不住哈哈大笑。

你上学了，你的字越写越好，你爸爸把你的字裱好，爷爷急不可待地挂在堂屋里，某日我的几个同学知道我回娘家一起约着来看我，看到你的字，大家惊呼："你们家的书法是遗传的吧！"

哈哈，星星，因为你娘娘也被一起夸赞了。

……

你的学业越来越忙，奶奶好想你，爷爷也好想你，一年也见不到你几次。

"让孩子安心学习，这样就好，这样就好。"爷爷奶奶总是这样说，我懂。就像我离开家到广东，他们千般不舍，也说："你们觉得好就是最好。"

他们永远这样……

我本来想借着今天的文，好好鼓励你，写着写着，却又家长里短地絮絮叨叨起来。

等你高考完，回家吧，回扬州，回爷爷奶奶家。

我们在家里等你！

还是想说一点鼓励的话：

生命有一种力，努力着向上，被吹落一千次，还是毅然决定——向前一步走！

看那心状的叶，在雨中，摇曳着攀登。

眼与心的对话

眼受伤了，它疲累地靠在一边，跟心聊天

“昨晚，我梦见自己盲了。”

心幽幽地说：“你盲，我也会盲。”

眼说：“我看到的太多，我累了。”

心幽幽地说：“那悲伤的都倒映在我这里。”

眼嗔怪道：“还说呢，为什么你的悲伤却通过我来流泄？你的黯然让我看什么都不美？”

心说：“唉，谁让我们一体呢，心眼，心眼嘛。”

眼沉默了良久：“那为什么我看遍世界，却看不到你？”

心也沉默了好久：“可是，我一直能感觉到你，只是我们都该在现在的位置，否则会死……”

眼眨巴了一下身躯：“我好累。”

心颤动了一下：“累了就歇一歇。不想看的就不要看。”

默默平静，心也淡淡地说：“我也很累。”

眼莫名地跳动：“你也歇歇，不想想的就不要想。”

心传递一股暖流给眼，变成了眼里的一汪水

你若安好，便是晴天！

第四辑　经典，用心聆听

其实，我们都比李白成熟

——读夏立君《时间的压力》

读夏立君《时间的压力》，不知为什么每次读到“李白”，怎么也读不下去，后来索性把“李白”后面的读了，独独留下“李白”在漫长的时间里等待我重新开启。是夏立君写李白太长了吗？确实长，单为一个李白写了三万字左右，但是这三万字相较于整本书也只是一小部分，为何总是逾越不过？

我后来想，是我的私心作了祟。夏立君写李白写得太露骨了，露骨到我不能接受，我不想继续读下去，这何尝不是另一种意义上的逃避。

从少年时李白就已经有飘逸之气在骨肉血液中，那是仗剑行侠的仙风！那是傲视天下的道骨！

“仰天大笑出门去，我辈岂是蓬蒿人！”

“安能摧眉折腰事权贵，使我不得开心颜！”

“人生在世不称意，明朝散发弄扁舟。”

“天生我材必有用，千金散尽还复来。”

……

多么豪迈，多么“李白”！

那大大强调的“自我”满足了稚嫩的心灵多少渴盼？

那率性而为的恣肆，膨胀了多少青春的热血？

你看夏立君笔下的李白。什么“卑琐的、多元的、两极性的、分裂的、缺失的，李白既要酒要肉，又要餐霞饮露”，什么“一位斗士，一位梦想家，一名牢骚大王，甚至是一个‘弃妇’、一个‘怨女’”，什么“受挫的青春梦想，一再化为李白的生命狂叫、狂笑”，什么“生活多姿多彩，欲望清楚明白，政治上昏头昏脑、有胆无识”……

啪！书合上了，心里憋闷。好你个夏立君，你到底是哪根葱，吃饱了撑的，倒行逆施赚眼球吗？哪里凉快待哪里去！对夏立君的气撒不到，只好让他的“时间”哪里凉快待哪里去，免得给我带来“压力”！可是一本书读不完，心里的梗就一直在，我安慰自己不读他的“李白”，先把他写的其他人读完。其他人很快读完，总不能就留个“李白”吧。那、那不是太委屈李白了？翻到那里读着读着还是委屈，强忍着看。零星地似乎也读到了作者的抱歉：“把这么多词堆积在李白身上，是一件多么荒唐之事！”嗯，知道自己荒唐就好，再一看这哪是什么道歉？“若换作古今任何一个人，一定是一件荒唐事了。李白个性鲜明，却又好像是无数人的集合。”“李白的一生就是麻烦不断的一生。李白自己往往就是麻烦制造者。”这都是什么话！啪！又读不下去了。过一段时间，又憋不住拿出来，一翻就翻到：“李白感性很强，理性很弱，更无系统可言，所以他不可能表达出深度社会批判。李白在很大程度上是不认识自己的，这又决定他对社会对他人的认识深度有限。”……哦，就你能，李白也是你能如此批判的？啪！……

如此这般，《时间的压力》终究因为李白而成为我怎么也读不完的书，实在令人懊恼，这回特殊的假期中，外面“风声鹤唳”，只能宅在家里，心烦意乱的时候，想寻个静僻的所在。还是去正面夏氏的李白吧，读一个我所不熟悉的李白，即使不认可也好。为了防止自己又从书里逃离，我准备了一个精美的日历笺本、一支笔，摘录最能让我心静。俗世芜杂剔尽，最是宜读静思时。许是换了一副心情，所以更能以欣赏的眼光去走进文章了，是谁说，“书与人也是讲究缘分的”？缘分不到，纵使与书相遇也是枉然，缘分到了，书与人之间的桥梁自然架起了。这次我真的完全沉浸其中了，我一边读一边作摘录，完全没有觉得文字冗长，终于一气把这《忽然来了个李太白》读完了，还摘录了很多绝美的句子，且看：

李白的生命里充满了“忽然”。李白喜欢的生活应该是这样的：忽然山花开了，忽然有人提酒来了，忽然来了一个美人，忽然皇帝非常想念他……

李白总是追求迅速到达的快乐，可是殷勤前来的往往是痛苦。

他渴望奇遇奇迹奇勋，渴望一下子圆满，可是迎来的却往往是更深重的难堪与缺失……

李白不自觉地在心里藏了一面永恒的镜子，这镜子就是明月。李白经常离开自己很远很远。唯有明月能让李白重新接近自己。李白不光赤脚，还把心脏挂在胸膛外面。镜子、影子、赤脚，李白就这样走过此世此生。

李白是长江水，李白是宇宙月，李白是一棵树，李白是一朵花，李白是一场豪雨，李白是一阵天风。

李白无屈原的道德高度，无陶渊明的决绝隐逸，无苏轼的洞察浑厚。李白的伟大，在于他的纯洁简单。

……

不对，夏立君分明也是爱李白的。只是知天命的他看到了更立体的李白："佯狂"的李白、"功利"的李白、"婢妾"的李白、"天真"的李白、"糊涂"的李白、"失意"的李白……而这些在朦胧意识中我们也似曾看到，只是被我们自然屏蔽了。我们喜欢那个"佯狂"的李白，却忽略了他的落寞；我们喜欢那个"天真"的李白，却忽略了他的失意；我们看惯了那个"飞扬跋扈"的李白，却不想看他"婢妾"的媚好模样；我们看惯了那个"飘逸脱俗"的李白，却也忘了他"功利"地上下求索。人都是要活在红尘之中的，都是要脚踩着大地的，凭什么我们对李白要求那么多，反观我们自己呢？

夏立君说：李白的丑陋，我们不但难以避免，有可能比李白更丑陋；李白的纯洁，却往往难以成为我们的纯洁，李白的纯洁是不自觉的纯洁，混沌的纯洁，赤子的纯洁。为什么呢？

因为我们比李白成熟，比李白懂得如何保护自己，如何让自己活在一个安全的国度里。其实我们每个人的心中都有“李白”的因子，但是我们都轻易不拿出来示人。“我们都明白，不能把自己心中的‘李白’放出去捣乱惹事。为了生存，为了利益，我们总是放弃傻劲，放弃痴情。”但是，我们都莫名地喜欢李白。当然也许我们喜欢的只是我们假想出来的李白。现实有多么不堪，我们就有多么喜欢那个被神化的李白。“李白越狂放越傲慢，我才越解恨，越痛快。”全然忘了那个在现实中的李白“生存总是用琐屑、萎靡、渺小来折辱他、消耗他。他在这个地方咆哮一阵，到另一个地方咆哮一阵，一直咆哮至人生终点”，“目标总是落空再落空，醉酒的瞬间反而成了真实”；“在白日，李白飞扬跋扈昂首狂歌；在月色下，李白低回缠绵幽思深情。李白需要在月光里安静下来，治愈白日里的创伤”。因了这些，明月与酒成了李白的标配。看着这样的李白，我们都有点着急：你能不能“政治上成熟那么一点点，个性改造收敛那么一点点，紧一紧手脸，做个贺知章式的高官兼大诗人是可能的。大唐及皇上有这个容量啊”！但是，李白只能是李白，他永远只做他自己。卑琐的也好，分裂的也罢，缺失的也好，两极的也罢；斗士也好，梦想家也罢，牢骚大王也好，“弃妇”“怨女”也罢，哪怕生命里只剩下“狂叫”“狂笑”。“李白的价值是给人以解放。有欢乐时，李白自然能欢乐，没有欢乐时，创造欢乐也要欢乐，不得不颓废时，他甚至以颓废为乐。这么说吧，李白的魅力在于，他的颓废堕落十分真诚。”“李白始终拒绝生存所需要的成熟。妄想，失败，再妄想，再失败；狂热，虚无，再狂热，再虚无。”……

读罢，我感恩夏立君给我一个全新的视角让我重新审视李白：我心疼那个李白，也更加喜欢那个李白。知道了所有的不美好，却还是喜欢，这样的喜欢才更真实而恒久。

现实中，我们不能也不敢成为李白，因为我们都比他成熟、世故；我们知道如何避重就轻，如何让自己更安全地着陆。只是我们读到《皇帝的新装》眼神黯淡，不能确定自己在人群中能否不盲从，而成为那个敢说真话的孩子；只是我们读到《装在套子里的人》内心苦涩，不敢确定自己是否也一直装在一个套子里不敢以真面目示人……

于是我们只敢偶尔抬头看看头顶的那轮明月，那轮李白曾经凝视过的明月。那里寄寓着我们所有的美好！

然后，眼里蓄满泪。

当理想和生命长在一起

——读《月亮与六便士》有感

利用假期的两天终于把《月亮与六便士》遗留的一个尾巴看结束了。笔记也记了不少。总感觉全书到处都是警句，于我而言，就像干渴的灵魂又得了一些甘霖的滋润。

书是合上了，我的思绪还在奔涌，延伸，似乎不停地拽着我抵达生命的边缘去看个究竟。

“我必须画画。”我不停地玩味书里的这句话。

什么是生命里的“必须”？

就像“一个人掉进水里，他游泳游得好不好没有关系，反正他得挣扎，不然就得淹死”。

我们经常会说：“不做不行啊？会死啊？”他——查尔斯·斯特里克兰真的会死。

一份跟自己生命长在一起的理想究竟是什么样子？

我带着很多类似的疑问在书里翻腾——

查尔斯·斯特里克兰和斯特里克兰夫人，一个是在别人眼里对艺术毫无兴趣，四十岁才拿起画笔的人，一个是文学爱好者，整天混迹于知名作家群中，对名人大作津津乐道。最终前者成了知名画家，后者却始终生活在艺术的边缘。这是何原因？

斯特里克兰夫人、布兰奇·斯特罗夫、阿塔，这三位女性，论学识修养，似乎最不配斯特里克兰的就是阿塔，她只是一个女工，可是和阿塔在一起的三年是斯特里克兰“一生中最幸福的日子”。怎样的爱情才是我们要追寻的？

斯特里克兰画中的美，有人为之感到震颤，有人却嗤之以鼻。斯特里克兰对此是抱何种态度？一个人真能做到对别人的评价毫不在意吗？……

《月亮与六便士》采用的是倒叙的手法。在“月亮”般高贵的理想与“六便士”样平庸的现实之间每个人都会做出选择。绝大多数人都妥协于生活的种种，选择了近在眼前的“六便士”。查尔斯·斯特里克兰是为数不多毅然决然选择“月亮”的人。查尔斯·斯特里克兰一出场就已经被冠上了“伟大”这个词，并且说是“名副其实”。这当然源于他的作品，而艺术家的作品往往跟他的个性息息相关，个性简直就是艺术家的生命，查尔斯·斯特里克兰是有真个性的人，“因为看到另一种生活更有意义，只经过片刻思索就抛弃大好前程，这才需要足够个性。勇敢走出这一步，绝不后悔，这才真有个性”。

俗世对幸福的人生有一个标准：美妻娇子、高薪高位、生活安逸、无忧无虑。

可是，你在文中随处可见的是这样的句子：

“男大当婚，女大当嫁——一个，姑娘家，将来会是生养健康孩子的妈妈；另一个，男子汉，英俊潇洒，肯定会成为一名军人；最后，他们功成身退，子孙满堂，其乐融融，当他们年事已高，他们将步入坟墓。这一定是世间无数对夫妻的写照。这种生活模式给出的是天伦之美。”“我总感觉，大多数人这样度过一生，好像不大对劲儿。我承认这种生活的社会价值，我也看到它井然有序的幸福，但是，我的血液里有一种强烈的冲动，渴望一种桀骜不驯的旅程。这样的安逸总让我惊惧。我的心渴望更加惊险的生活。只要我能有所改变——改变和不可预知的冒险，我将踏上嶙峋怪石，哪怕激流险滩。”

颠覆世俗。

赶紧翻看一眼《月亮与六便士》问世于哪一年，1919 年！

查尔斯·斯特里克兰，也不是一开始就“离经叛道”，他是一个证券经纪人，“在仁慈上帝安排的生活中恪尽职守”，有两个聪明可爱的孩子，还有一个“善良、殷勤”的妻子。他试过正常人眼中的正常生活，结果这一切都让他窒息。终于有一天，他选择了永远离开，去圆自己幼年即有的画画的梦。这个决定并不是心血来潮，而是恒久的“蓄谋”。很多人活着活着就把自己曾经的梦想丢弃了，可是查尔斯·斯特里克兰越活越清晰，知道自己最想要的是什么。他追寻的不仅是一个理想，还是一种全新的生活模式。契诃夫在《装在套子里的人》中就已经暗示，总有一种人生活在特定的套子里，这个套子或者是一种思维方式，或者是一种传统模式，或者是一种行为法则。斯特里克兰也尝试过，在那个套子里，他外表光鲜亮丽，但是整个人“沉闷、无趣”，可是一旦他离开了那个“套子”，整个人状态都改变了，与“我”交谈，前后判若两人：“我上次见他，他整洁一新，可看上去并不自在；现在，他这般邋遢，却神态自若。”

他就这么坚定地做出了抉择，与世俗生活决裂，与安逸平庸告别。为此他不惜将自己“幸福”的前半生都丢弃了，并且一夜之间呼啦啦全舍弃，毫不犹豫，一往无前。世俗人生不是他斯特里克兰的人生，他要追寻的是自己的人生。这个世界有太多完美的“躯壳”，活给别人看的，其实跟别人没有半毛钱的关系。他，不想成为这样的“躯壳”。哪怕人们对他这样评价：“生活离奇可怕”“性格蛮横离谱”“命运哀叹惋惜”。

在斯特里克兰的身上，你能看到当一个人的理想与他的生命长在一起时所拥有的全然不同的力量。

这样一个理想与生命长在一起的人，你如何去爱他？

在三个女人之中，斯特里克兰为什么最终只在阿塔的身边停留？斯特里克兰夫人“太精明”，这是一个善于表演的人，知道如何抓住“观众”的心。丈夫离开，哪怕知道事实的真相，也要编造一个跟别的女人私奔的话题博得别人的同情。斯特里克兰对她的评价是：“让上帝惩罚我的妻子吧！这个女人很了不起，真希望她下地狱。”

在这个女人的眼里，斯特里克兰“没一点儿文学修养”，“完全是个门外汉”，“沉闷乏味”。她一点儿也不了解斯特里克兰，甚至当她知道他竟然为了“画画”离开她的时候，她始料未及。就是这样的女人，心安理得地接受了丈夫 17 年的供养，认为自己做事不够“体面”，这是一个永远为面子而活的女人，“不该让别人笑话我”，是她遇事时的第一反应，最终她被丈夫义无反顾地抛弃。

布兰奇·斯特罗夫原是斯特里克兰朋友之妻，却莫名地爱上了斯特里克兰，当然这也证明了斯特里克兰的魅力。长得普通没有关系，有个性，有才华，照样有女人爱。可是这个女人有点傻，放着自己痴情的亲老公不爱，却爱上了刚从女人的禁锢中逃离出来的斯特里克兰。当然她的亲老公也是傻，老婆不同意把生病的斯特里克兰接回家，但是他死缠烂打，最后还让自己的老婆去照顾他的这个朋友，情商不是一般的低，其实从另一面可见他对待人事的纯粹与单纯。其实布兰奇·斯特罗夫也不了解斯特里克兰，她费尽心力自信满满想用物质甚至自己的身体把斯特里克兰牢牢拴在自己的身边。那是一个不羁的灵魂，一心只为了画画，爱情对他是奢侈品。结果当然不能如她所愿，这个女人更离奇的是想用“死”来做赌注，结果输得精光，包括自己的一条命，她根本不知道，爱情从来不是以占有为目的的。

阿塔是个卑微的女工，土著女子，做梦都想嫁个“白人血统”的人，她对斯特里克兰可谓“一见钟情”，在“与世隔绝的偏僻一隅，头顶是湛蓝的天空，到处是郁郁葱葱的树木”，“斯特里克兰画画、看书，天黑了就和阿塔坐在外面的阳台上，一边抽烟，一边望着天空”。斯特里克兰似乎也只是想要有个伴，有人给他做可口饭菜，有人陪伴他左右，但绝不能打扰他。很显然阿塔很懂这些。如果光有这些，也没什么大不了。最令人感动的是斯特里克兰突然得了麻风病，阿塔倾其所有救治他，所有人离开，只有阿塔主动要求留下。“你是我男人，我是你女人。你去哪儿，我跟到哪儿”，这个平时“温顺、软弱的”的女人说得“异常坚决”。斯特里克兰一向的“铁石心肠被打动了，他的眼里涌出了泪水”，这是他唯一一次流泪，却是给阿塔的。

斯特里克兰夫人说："没有他，我活不下去。我宁愿自杀。"结果丈夫离开，她非但没有自杀，反而日子过得不错，对她，斯特里克兰说"她会想通的"。而布兰奇直接选择了自杀，她"千方百计布下罗网，就是想捆住"斯特里克兰，斯特里克兰说她像自己的妻子，"一点儿都不关心我，只想占有我"。阿塔，是最懂如何去爱斯特里克兰的人，她按照对方喜欢的方式，给他最大的空间，懂得尊重他，她对斯特里克兰可谓言听计从，但当她得知斯特里克兰得了麻风病，要住到山里去时，她也说"要是你抛下我，我就在屋后的树上吊死。我对上帝发誓"。同样是以死作为威胁，所不同的是前面两个女人只是想好好控制住这个男人，阿塔是一心为男人着想，全然没有自己。和阿塔在一起的时光是斯特里克兰最幸福的！

真正的爱，不是面子，不是别人的眼光，而是你知道我爱你。

真正的爱，永远不是捆绑、占有，而是给他自由和空间。

真正的爱，你在不在我身边我都不打扰，你有了困难我全力以赴。

……

斯特里克兰追求理想的过程何尝不是追求爱的过程？身体可以饱受煎熬，但是灵魂必须自由向前。

斯特里克兰，纵是有太多的缺点，可是他还是让人敬佩、羡慕。

有梦想谁都了不起。有梦想，千山万水不畏艰辛勇敢追寻的人更是了不起！

浮生一梦，有多少人是活得清醒的，知道自己最想要的是什么，知道自己此生要追求的是什么？即使知道，又有多少理想是不跟名利挂钩，不被外界的评价左右的？

斯特里克兰，从这点说，他活得很纯粹。

他临终画出绝世之作，却留下遗嘱：将之付之一炬。“生活是我们自己的，跟他人毫无关系。”

只有理想与生命长在一起的人，才能触碰到生命的本质。

文中像斯特里克兰这般活着的，绝不止他一个人。

布吕诺船长算一个，他说“在我身上，也有激励着他的那种热望。所不同的是，他凭借绘画，而我是生活”。

小说家毛姆说：“作者应该从写作本身，从思想的宣泄中获得快乐；至于其他，都不必介意，一本书或成功或失败，或赞誉或诋毁，他都应该淡然一笑。”“我”作为一名作家也是。

当然还有……

宫崎骏说：“我始终相信，在这个世界上，一定有另一个自己，在做着我不敢做的事，在过着我想过的生活。”

对于这样的人，从前我只是羡慕，现在我知道他们都是理想和生命长在一起的人。

活着，究竟为什么？

是时候听听自己内心的声音了。

我必须要……

《额尔古纳河右岸》，让我身心沉静

书斓对我说：“老师，读读《额尔古纳河右岸》吧，真的特别特别好。”

我看着她晶亮的眼睛，笑了：“好，即刻下单。”

书到了一段时间了，一直放着。

学期末各种杂事纷扰，周末，我鬼使神差地拿出那本书，静坐宿舍一隅，五个小时，一气读完了《额尔古纳河右岸》。

一个原始的散发着野性的世界在眼前铺展延伸，熟悉的不熟悉的各种气息交叠着：驯鹿、熊、赤脚的少女；奔跑，慌张的眼神……萨满：救下一个生命就会有一个生命为之死去……

神秘、诡异、愚昧、虔诚一起涌过来，像海浪一样簇拥着我，旋即又离开，又簇拥，又飞离……

孩子的哭声，母亲的呼唤，男人的鼻息，驯鹿的灵性的鹿角，哦，天……还有瓦罗加被熊掀开的头盖骨……

是谁在哆嗦，是我。天真的太冷了，控制不住。

读《额尔古纳河右岸》，我每每觉得魂灵失所，恍恍惚惚就跑到那个陌生的地方，可是那陌生的地方似乎也是我熟悉的，书的一开始就是大迁徙，可是“我”不愿意离开——

“我不愿意睡在看不到星星的屋子里，我这辈子是伴着星星度过黑夜的。如果午夜梦醒时我望见的是漆黑的屋顶，我的眼睛会瞎的；我的驯鹿没有犯罪，我也不想看到它们蹲进‘监狱’，听不到那流水一样的鹿铃声，我一定会耳聋的；我的腿脚习惯了坑坑洼洼的山路，如果让我每天走在城镇平坦的小路上，它们一定会疲软得再也负载不起我的身躯，使我成为一个瘫子；我一直呼吸着山野清新的空气，如果让我去闻布苏的汽车放出的那些‘臭屁’，我一定就不会喘气了。我的身体是神灵给予的，我要在山里，把它还给神灵。”

我回味着这样的句子，想着在我出生前，我的父母辈的人也进行过一次大迁徙：从邵伯湖的那一头迁到这一头。

那一天，一定尘土飞扬吧；那一天一定有很多恋恋不舍的眼睛一次次回眸吧；那一天，一定有很多眼泪吧嗒吧嗒滴落在泥土里吧……

我虽然没有亲历，但我一读这样的句子，突然感觉到被迫离家的疼痛，那是一种牵扯着皮肉的痛感，在身体里复活。

当然，《额尔古纳河右岸》要壮阔得多：额尔古纳河，左岸是俄罗斯，右岸是中国。近100年的历史，通过一个90岁的妇人的口花了一天的时间就讲完了。

很奇怪的，你没有听到沧桑的声音，没有看到衰朽的身体，你听到的是一个生命力勃发的少女的耳语，你看到的是一个倔强又憔悴的壮年妇人在斑驳阳光下的梨花带雨的脸庞。

很多人读完噤声了，我也是。

在这样的一个繁忙的时节里，我不该在一本书里发呆，可是我没忍住。

原来，我们也走在额尔古纳河右岸。

原来，我们向同一个方向。

还有很多事等着我去做，醒醒吧，有人在对我说，只得暂时作别——

《额尔古纳河右岸》。

《匆匆那年》里的“匆匆”滋味

我们都以为长大以后就能真正的永远相伴，于是不惜一切代价地拼命成长，但是当真的长到足以告别青春时，才突然发现，原来长大只会让我们分离……

——《匆匆那年》

不知为什么，看完《匆匆那年》，耳边却想起了刘若英的《后来》：“后来，我总算学会了如何去爱，可惜你早已远去消失在人海；后来，终于在眼泪中明白，有些人一旦错过就不再……”

其实看《匆匆那年》完全是一个偶然。一次，刘老师跟我说：“看看《匆匆那年》吧，挺不错的，讲80后的一帮人的高中时光，跟你们的年龄差不多，应该会有很多共鸣。”我在心里便记下了。

一日得空，下载了《匆匆那年》的部分电视剧，于是在怀旧的声乐中，陈寻、方茴、乔燃、赵烨、林嘉茉一一登场了。唏嘘不已，那年、那人、那时光。

后来，终于不过瘾去看了九夜茴的原著。为了家人免于被干扰，我是弓着身子躺在被窝里读的，似乎又回到了高中的宿舍里，彼时的我们每晚都打着手电躲在被子里复习功课呢。

今天我却弓着身子以当年的姿势去回味别人的高中时光，在别人的追忆中也追忆自己的当年。

《匆匆那年》，好个匆匆，一转身，却发现我还在原地，只是隔了时空，有点恍惚。

看《匆匆那年》有点感伤是对的，感伤之后，会觉得好真实。什么是青春？什么是成长？就是那样的。

在那个“栀子花初开”的年龄，生命是青涩的，不敢说爱，“爱是多么遥远、多么沉重的字眼啊。我们只说喜欢，就算喜欢也是偷偷摸摸的”。方茴如是说，道尽了青春中的少男少女的心声。但正是这样纯粹的“喜欢”，反而是被成年了的我们丢失在一边的。所以从某种程度上说，与其说我们在追忆青春，倒不如说我们在追忆当年最纯粹的激情和勇气。

陈寻，帅气阳光，真诚直率仗义，还爱贫嘴；学习好，球也打得好，能弹会唱，还会写词编曲。最关键的是他敢爱敢恨，方茴爱他，林嘉茉爱他，门林草爱他，沈晓棠爱他，在高中的那个紧张窒息的时段，在大学那个奔放的青春滴翠的岁月，这样的陈寻，应该没有哪个女生不爱。

方茴，却是个沉默的女孩，成绩好，有气质但不算漂亮，会画画还带着一份少女特有的羞涩，特殊的经历让她很懂得隐忍。用林嘉茉的话说“她文静，她爱哭，她善良，她心重”。她是一个需要别人怜爱的林妹妹式的人物。我敢说，很多从青春期走过的女孩，身上或多或少都带着方茴的影子。

他们偷偷拉手，偷偷地吻，任由夕阳为他们相牵相携的背影镀一层炫目的金！在青春恣意的日子里，他们尽情地笑，尽情地哭，很容易满足，也很容易受伤。他们相携着走过父母的责难，走过老师的“剿杀”，走过同学的猜妒朋友的惊诧，走过最黑暗压抑的高考时光。

他为她唱着他为她一个人谱写的《匆匆那年》；

他为她放弃了物理高考中一道13分的大题。

只为了能和她在一所学校，只为了能永远在一起。

在最青春的岁月里，他们设计好了将来的一切，唯独没能设计好成长。

他们“都以为长大以后就能真正地永远相伴，于是不惜一切代价地拼命成长，但是当真的长到足以告别青春时，才突然发现，原来长大只会让”他们分离……

他们最终没能走过四年的大学，没能走过他们自己。

最先对方茴发出“爱情宣言”的陈寻，也最先逃离了他和她编织的童话世界。

内向多疑的方茴，让陈寻懊恼，压抑。大学不久他喜欢上了开朗和悦的沈晓棠，一个美得让方茴“自惭形秽”的女孩，更重要的是陈寻和沈晓棠似乎更有共同语言，郎才女貌，一样地开朗阳光，一样地对音乐痴狂。

至此陈寻、方茴的“永远”变成了永远没有的“永远”。

但是，正是因为这前一段“刻骨铭心”，他们彼此在心中都很难对对方完全释然。

他不再爱他，但还是放不下她；她还爱着他，表面远离，实则总站在不远亦不近的地方默默地注视他。

她甚至为了他“摧残”自己，把自己的“第一次”交给了另一个无关爱情的浪荡青年。

她用毁灭自己的方式表达着自己曾经的爱，哀悼着自己曾经拥有的爱。

他知情后快要崩溃了。他要方茴好好的，不要因为认识了他，爱了他而毁灭了自己，他痛心、疯狂、内疚得泪流满面。

在这场爱情的角逐里，他们都被伤得体无完肤。

最终沈晓棠也离开了陈寻，因为她觉得他带着对方茴的这一份情感“太沉重，太沉重”，压得她“不堪重负”，而方茴在人流后踏上异国他乡的土地，开始了放逐自己的生活。

只留下孑然一身的陈寻和“匆匆那年”的记忆。

辛夷坞在《山月不知心底事》里写道：“分开他们的是时间、是距离、是人生不可控制的转折。”

青春终究敌不过时间的“匆匆”，就这样潦倒散场，只剩下回忆在彼此的心里，在匆匆那年里，他们爱过，伤过，毁灭过。

但这一切都是成长。

方茴说：“我真的很爱过，也真的很恨过，可是那些爱啊恨啊就那么匆匆过去了，现在想想我其实并不后悔，如果再让我选择，我还会这么来一遍……”

是呀，在每个人的青春里，都曾有过对异性的那一份悸动，也许不曾牵手，不曾表白，更没有对彼此的许诺。但一切都镌刻在了青春里，是匆匆的年华带不去的、永恒的记忆。

耳边又响起刘若英的《后来》——

“栀子花，白花瓣，落在我蓝色百褶裙上，爱你，你轻声说。我低下头，闻见一阵芬芳……”

爱是化解戾气的唯一解药

——观影片《哪吒之魔童降世》有感

人心中的成见是一座大山，任你如何努力都无法搬动它。

——《哪吒之魔童降世》

一

影片《哪吒之魔童降世》首映日，我停下手上的一切事务，放空一切陪女儿去观影。

《哪吒之魔童降世》又是一个“故事新编”。但是这种新编没有带给人反感，反而促发人深思。作为一个教育人，我从中看到了很多教育的元素：“善”与“恶”、“爱”与“恨”、“偏见”与“宽容”、“背叛”与“合作”……

一部动画片，多次引得我泪目，观影结束，我坐在原地不动：

感慨国产动画思想境界在一步一步地提升，主题也开始向多元化发展。

二

“一张丧脸”是影片中重要的元素。

哪吒作为一个孩童一改以往作品中清秀、灵动的形象，他降生之际太乙真人本想将灵珠放入李靖夫人的腹中，因为申公豹的私心，暗中使坏，胎里竟然融入了魔丸，所以哪吒一出生便顶着一张跟天真娃娃很不相配的脸，用女儿的话讲：“眼圈一周全是黑的，像熊猫一样。”娃娃脸配上一双熊猫的眼，就像永远没睡醒似的，周围所有的一切都不入他的眼，生起气来，那双眼睛就格外恐怖。因为天生自带戾气，所以哪吒一直被仙家结界软禁在家门里。可是结界哪里能软禁得了他？每次他出门的时候，就是陈塘关老百姓鸡飞狗跳的日子。哪吒以破坏为乐，陈塘关百姓越惧怕他，他越是得意，眼神中流露出凶暴的光。

当然，也有例外，有个小女孩天真烂漫地跑近他：“哥哥，我们一起玩。”只那一瞬，哪吒的眼神之中多了很多柔和，眼睛一圈的黑线消失了，他成了一个真正的孩子，单纯美好。只是这美好的一刻来得快去得也快，女孩的哥哥应声而来抱走妹妹，嫌恶地看了眼哪吒，恶狠狠地丢下一句：“妖怪！”哪吒受了刺激，魔性被激发，一张极其“丧”的脸又出现了：眉头紧皱，眼周的线条生硬而粗重。

影片对这张脸不时进行特写，我看着这张脸，内心极其不适，但同时又觉得有几分相熟：没错，我在教室的走廊里见过，那个孩子就是这样的一张脸；女儿也会偶尔顶着这样的一张脸，我们让她整理文具，让她重写作业的时候，只一秒，一闪而过，我还是看到了那样一张“丧脸”。我有过这样的一张脸吗？有过，一定有过，丑极了，一定是的。

三

“两对师生”促人深思。

首先来看魔丸转世的“坏”学生哪吒，他暴力顽劣跋扈嚣张人见人恶。他只要一出现人们就像是避瘟神一样四处逃窜。他的师父是太乙真人，太乙真人是个一团和气的胖子，他有贪酒的坏习气，却又与世无争，操着一口软绵绵的四川话，充满了喜感，但是关键时刻他能舍身忘己。他每天负责给哪吒化解身上的戾气，即使遇到哪吒的恶作剧，自己被搞得遍体鳞伤，也真诚地夸赞哪吒的聪明。当然父母是孩子的第一任老师，哪吒的父母不仅给了哪吒一个和谐的家庭环境，父母恩爱，琴瑟和谐，而且他们对哪吒的爱是可以放弃一切，包括自己的生命的。在这样的老师们的引导下，哪吒竟然想要改变自己了，他想要帮助百姓除魔，并且从海妖的嘴里夺回了一个小女孩的生命，可是没有人相信他，人们羞辱他、诅咒他。他受到了重挫。

后来他知道了自己的身世也知道自己被下了无解之咒只能活三年后更是自暴自弃，母亲撕裂般的呼唤和温暖的怀抱让他依恋，父亲决定以命换命的真诚更是震撼了他的灵魂，他内心的抵触的防线瓦解了，他无助地哭喊：“命运由天不由我。”父亲却笃定地告诉他：“我命由我不由天！”这是一句极具震撼力的话语，打破了一切宿命论：不管命运如何安排，我的命运我做主！正是这句话给了魔童哪吒潜在的力量，在关键时刻，他抛弃了个人恩怨，勇挑重担，力挽狂澜，演绎了一段荡气回肠的英雄赞歌。

再看灵珠转世的“好”学生敖丙，敖丙温和善良玉树临风人见人爱。可是他有一个自私狭隘格局超低的师父申公豹。申公豹是个精明的豹子精，心思阴暗。他和太乙真人是师兄弟，师父让太乙真人位列仙班，砸碎了申公豹内心久藏的那口嫉妒的破坛子。申公豹不从自己找原因，一味将此归因于自己是个豹子，他一厢情愿地认为，无论自己怎么努力，在师父心中他永远都只是个异类。为徒如此，又如何为师？再来看敖丙的家庭。他生在一个仇深似海的龙族，每天被龙王耳提面命，家族的荣耀与责任背负于他一身，让他无法选择自己的人生。奇怪的是在影片中自始至终没有看到敖丙的母亲，也许他是个单亲家庭的孩子。他虽有一身正气，然每天都浸淫在父王关于龙族是异类不受待见的絮叨中，严肃的话题，龙族的命运，一点一点累积终于压垮了这个年幼的龙子，他喘不过气来，辨不清黑白，更有申公豹这样的师父在旁挑唆。终于龙子敖丙失却了方向，他听从父王和师父的指令，一心求立功，不惜将整个陈塘关埋葬。敖丙战败时，哪吒宽恕了他，并传递了父亲那句“我命由我不由天”，敖丙才重新振作恢复本性。

四

魔丸转世的顽劣孩子我们应该用什么态度面对他们？

态度一：以恶制恶

影片中几个孩子想了一个连环计对付哪吒，各个环节几乎天衣无缝，且每个机关都很歹毒，只等哪吒上钩，结果哪吒幻化为报信的那个孩子，最后又恶作剧地变回原形，把几个爱搞事的孩子逼上了他们自己设的机关。结果几个孩子只能是搬起石头砸了自己的脚。哪吒不费吹灰之力就完胜而归。

依此可见，以恶制恶，绝不是教育的好方法。能想出阴招对付别人的人本身也不是什么善主，结果只会聪明反被聪明误。其实像这样的镜头在影片中不胜枚举。就是那个愿意走近哪吒的小女孩她的哥哥，他看上去比哪吒大，每次一看见哪吒就叫他“妖怪”，还不准自己的妹妹跟哪吒玩，当他的妹妹被海怪捉走时，他不分青红皂白带着全村的人来殴打和辱骂哪吒，根本不听哪吒的任何解释，每每惹得哪吒体内的魔性大发。哪吒妈妈说的一句话直抵哪吒的内心：“你不是不在乎大家，而是受到大家的排斥，内心孤独罢了。”顽劣如哪吒也是需要朋友的，后来他能原谅鳌丙，也是因为鳌丙是第一个把他当作好朋友的。

态度二：充分沟通

人与人之间很多时候因为缺少耐心，导致沟通不充分，矛盾重重。影片中太乙真人把哪吒带入一幅图的幻境中，用图景给他分析他的“除暴安良”到底伤害了多少百姓，让哪吒真切感受到百姓讨厌他的原因。太乙真人的坐骑小猪有个特异功能，它能把过去的事情或者不为人知的事情回放给人看。当哪吒不能理解父母愤而离家的时候，小猪就回放了李靖在天界得到了一个能救哪吒的秘方，决定用自己的命换哪吒的命的一幕。哪吒从来只知道母亲对自己的爱，没想到这个一向严厉的父亲对自己的爱也是如此毫无保留。顽石的内心被彻底感化。

有多少孩子真实地知道父母对自己的爱到底有多深？观影结束，女儿依偎着我说：“妈妈对我最好，爸爸总是批评我，刚刚看电影前还批评我了。”爸爸买了电影票放在橱格里，女儿移了位置，一时竟找不到了，她还说自己没拿，爸爸就批评了她。到了这会儿女儿还耿耿于怀。我说：“那是因为你没有一头那样的小猪，不能回看你老爸为你做的。”女儿一下就笑了，她大抵也承认爸爸是爱她的。

态度三：用爱呵护

面对这么一个叛逆的孩子，李靖夫妇从来不曾放弃，用全部的爱来包容。乡民齐心要杀哪吒，母亲用自己的身躯相护。哪吒只能活上三年，父亲愿意以命换命。太乙真人跟着哪吒没少吃苦，但也一心引其向善。最终，哪吒痛下决心，他不仅担当起了拯救陈塘关的重任，还决定独自面对命运对自己的裁决。人有善愿，天必助之，他得到了鳌丙和师父太乙真人的助力，最终魔丸灵珠阴阳合体，能量释放，哪吒和鳌丙脱去了凡胎肉身，获得了永生。

善与恶之间的距离到底有多长？哪吒和鳌丙就是最好的例子。

好人、坏人之间的界限到底在哪里？哪吒和鳌丙也是明证。

想想我们身边的一些“讨人嫌”的人，他们的身体里或许也莫名地融入了“魔丸”，比如偏执的性格，比如叛逆的心理，比如父母离异造成的阴影……他们深受其害，却又不能自已。他们或许也在考察着自己与恶的距离。

对他们，远离、排斥、仇视都不是最好的方法。

或许尊重、关心、理解才是我们应该去做的。在他们最绝望的时候，清晰地告诉他：我命由我不由天！

毕竟，爱是化解戾气的唯一解药。

写下这些，我的眼前闪过一张一张熟悉的脸，但我的心是舒展的……

《姜子牙》：一个人的突围真的能救苍生天下？

愿世间，再无流离失所。愿众生，再无谎言愚弄。愿天下，再无不公。

——姜子牙

看完电影《姜子牙》，没待人群散尽，我问芊："这部电影给你最大的感受是什么？"

芊一把拉住我的衣服："恐怖，太恐怖了！我都吓得尖叫了。还有就是这个里面的人太爱做梦了，一个梦连着一个梦，把我都搞混了……"

我忍住笑，继续"采访"："那你最喜欢哪个人物？"芊想也没想："四不像！简直太可爱了！像只可爱的小兔子！"芊喜欢兔子，因为她就是只兔子（属相），看着芊眼里、脸上瞬间呈现的柔柔的光，我忍不住跟进我的"话题"。

"小九值不值得救？"我试探。

"当然值得。"芊很笃定。

"可是，她可不代表天下苍生哦。"我故意带着疑问。

"小九也是苍生中的一个啊。"芊的语气不容置疑。

“那狐妖要不要救呢？”我想再试探。

“也要啊。”芊依然很笃定。

“为什么？”她的回答令我惊喜。

“只要是活的，有生命的，都值得救。”

我心里暖融融的，停住脚步，搂住身旁的她：眼前这个孩子还真的长大咯！其实在看《姜子牙》之前，同事就说，她陪孩子看着竟然瞌睡了，她从来没有看电影瞌睡过。网上也有很多负面评价，我都没细看。我想看看我自己的真实想法，只有自己亲历，方才知道；我也想看看芊的反应，动画片就是给孩子看的，芊也是孩子的代表。

老实说，看这部片全程我还是比较认真的，虽然芊的尖叫一声高过一声，我时不时递过手臂给她抱住，但是我的眼睛始终盯着屏幕。

主人公姜子牙一出场就是中年男子的形象，小朋友不会太喜欢，但是于我们这些成年人，倒是能感觉到人物身上的孤独；加上他出场时的音乐，更显出来了一种“特立独行”的苍凉感，大有“人间正道是沧桑”的感觉，孩子们也不会太喜欢；姜子牙是“至善”的代表，他在剿杀狐妖的过程中，在狐妖的元神里看到了一个无辜少女的元神，动了恻隐之心，放了狐妖一把，正因为这一念之善，他从众神之长，被贬到北海苦寒之地，正应了仓央嘉措的那句话“世间至情至性的人，都逃不过孤独”，这些孩子也不一定会懂得。姜子牙的沉闷少语，一出言都是“亡灵”“冤魂”“玄鸟”“希望”……孩子们也不会多喜欢。场面、色调、冤魂、狐妖伴随在姜子牙的身边，打斗一个接一个，鲜血、死亡也不时看到，确实阴森恐怖，难怪芊怪叫连连……

那这部剧想要表达什么？

想到姜子牙，我们的脑袋里首先想到的就是那句：“姜太公在此百无禁忌。”小时候蒸馒头或者过年的时候，家长千叮咛万嘱咐不可说不吉利的话，可是不叮嘱还好，一叮嘱专门说出来那些长辈不愿听的话，最后没办法了，大人们缴械投降，嘴里念叨一句：“姜太公在此百无禁忌。”完事。这部电影以“姜子牙”一人之名作为标题，导演和编剧想要在姜子牙这个人物身上寄予什么新的理念？

我感觉“寻找”是人物身上一个重要的标志。

寻找真相、寻找信仰、寻找真正的解救众生之道。而这不断寻找的过程，就是不断打破、不断突围的过程，打破个人崇拜，打破强权。可是最终却又靠姜子牙个人力量取得成功，这是不是电影本身还是没有跳出个人的怪圈呢？

一起来看看吧——影片一开始，狐妖出世，天下大乱。姜子牙力擒狐妖有功，本可“一战封神”，当他斩杀狐妖的当口，却看到狐妖的元神里藏着一个无辜少女的元神，他迟疑了，对狐妖网开一面。为此他放弃了功名，甚至背上“三界败类”的骂名也在所不惜。“你天尊凭什么代表天命？”“看来你对实情一无所知。”狐妖的话让他踏上了寻找真相的艰难路途。

当然，影片中不止一个人在寻找。

小九——藏在狐妖元神里的无辜少女，也就是人类女孩苏妲己。因为狐妖元气大伤小九得以挣脱狐妖元神，并且带上了狐妖的部分妖力，她真身出现的时刻也是她寻找的开始，她寻找一个开着黑花的地方——幽都山，她坚信她阿父在那里等她。她的记忆里只有黑花，只有阿父，在现实世界中却要面对一路追杀，人人都要割她的耳朵。

申公豹也在寻找，他寻找什么？寻找英雄之道。他从羡慕姜子牙“受师尊器重，万人景仰”到牺牲自己让自己成为英雄，也算是一个不小的跨越……他和姜子牙之间的关系也一反传统的嫉恨对立而变成了“生死搭档”。

纣王也在寻找，他只寻找他的爱妃，江山社稷黎民百姓都置之不顾，他甚至还差点要了小九的命。最终他被狐妖扔下了悬崖，“你的王朝和爱妃都死了”。好笑的是，这样的纣王还被封为了“姻缘神”，这也是狐妖仇怨的所在。“凡物有不平则鸣。”

再看狐妖的寻找，她看上去一直在寻找小九，她们被师尊系在同样的宿命锁上，其实她在寻找机会揭露师尊的“丑恶面目”：满嘴天下苍生，却不知道都干了什么。狐妖也是三界大战的牺牲品，确切地说是自己贪欲的牺牲品，她为了封神和天尊合作，掀起三界大战，哪知天尊事成后想要灭口，狐族千万狐子狐孙顷刻变成亡魂。

还有无数的苍生，其实都成了大战之后的亡灵，他们也在寻找，寻找家园，寻找亲人……只是，所有人的寻找都是个人的寻找，唯有姜子牙的寻找是为公，为天下，为苍生。申公豹看似为“他”，其实是为了成就个人的英雄梦。最终他人的寻找都在姜子牙的寻找中得以实现。这估计就是影片最大的格局。

只是从打破一个个体（师尊）能量垄断，到另一个个体能量的确立，是不是合理？

网上有人说，姜子牙这个人物身上没有成长的梯度，这个我觉得还是有的。姜子牙从怀着“追随师尊，师尊就代表了苍生”的信念，到初步怀疑师尊，信念动摇：“当年真相为何？”再到当面质问师尊，师尊答复：斩杀狐妖元神，斩的不是恶，而是善，善本无过，只是，神的善只囿于眼前一人就是恶。舍一人而救苍生是神的宿命。这时姜子牙思想斗争最激烈：一人如露水，苍生如沧海，一人与苍生并无区别。这是个生命的难题，他做着“一个人的战争”，而在和小九一同寻找阿父的过程中路过战场，他不得不承认，三界大战，生灵涂炭，他决定“救下每个眼前人”，最终当他证实了师尊的谎言，他之前的信仰完全崩塌，决定用自己的方式去成为“一个真正的神”。当然也不排除喊口号式的宣言：“是神，不可欺，不可操纵，不可不救！”“愿世间再无流离失所，再无谎言愚弄，再无不公！”……这样的话说出来，声音太大有点震耳朵，但震不了心。倒是那个无欲无求、一心助主的四不像化为灰烬的时候，我突然就泪目了。震撼人心的话从来不需要大声说，我以为。这部剧，其实好多地方我还存着疑惑，本人确实愚钝啦，看不懂。

我就问芊：“姜子牙最终与师尊决裂，炸毁天梯，为挽救苍生，他一下子从一个中年人变成了一个白发苍苍的老者，可是为什么一定要变成老者呢？或者一开始就以老者的面目出现不可以吗？”芊说：“天梯是最后一道宿命锁。而炸毁天梯姜子牙就消耗了体力，成了老者。”“哦，”我若有所悟，“那师尊为什么要给狐妖和小九系上宿命锁‘生同生死同死’”？

小芊：“不知道。”

我在想：故意设置悬念，最后悬念不能更清晰明白地解开，轻点一笔，草草收场，真的让人纳闷。还有小九在狐妖的暗示下回忆起的阿父，却是一个冰冷无情的形象，用意何在？

小芊：“狐妖幻象吧？不懂，不懂……”喏，我们两个这么认真都没看懂，你们看懂了吗？是不是就好像写文章没有读者意识一样，这是没有观影者的意识啊？哈哈……还有，一个幻境连接一个梦境，再回到现实，真的确定小朋友就能看懂？我家芊就说，晕乎乎的。电影还是要脚踏实地一点，做太多的梦不好。

而姜子牙的这个“梦”做得有点大，仅凭一己突围，虽然也获得了申公豹和师祖的援助，但那也是极少个体，真的就可以救助天下？

反正，我不相信。

苦难中磨砺，不丢失自我！

一

当脚步局限在从门到窗的距离，眼前却晃动着三个身影——高妈、张妈、杨妈。

我读着这三个女人，脑海里又无来由地回荡着鲁迅先生的那句话：

我又不愿意他们因为要一气，都如我的辛苦展转而生活，也不愿意他们都如闰土的辛苦麻木而生活，也不愿意都如别人的辛苦恣睢而生活。

“辛苦展转”“辛苦麻木”“辛苦恣睢”，我细细咂摸着这三个词，却见这三个词追随着我脑际的那三个模糊又清晰的身影飘忽而去……

二

我心下知道老舍先生是很偏心高妈的。不然同样都是帮佣、女仆，对张妈、杨妈为何用笔如此吝啬？

说实话，我私心里也偏心高妈。一个30出头的女人，死了丈夫，在那样的社会背景下也能活得如此“干净嘹亮”“铿锵有力”，属实不易。那样的一段人生，似乎太艰涩难行了。

但我还是庆幸，幸而有高妈，不然那样的社会也太单调而阴森了。

高妈是黑幕里的一颗明亮的星。

不得不叹服，老舍先生的安排是精妙的：

杨家里的张妈，夏家里的杨妈，曹家里的高妈。

什么人进什么门，是有道理的。

“总以为仆人就是家奴，非把穷人的命要了，不足以对得起那点工钱”的杨家似乎必得出一个“蛮悍”的张妈，时不时地来一次“破口就骂”。但是张妈不是什么“斗士”，她并不是骂醒主家的革命使者。“杨宅用人，向来是三五天一换的”，一则也是因为杨家想用这个方法，赚取最大劳动力；二则是杨家太“奇葩”，下人都待不下去。可是杨家那么一大家子人，两房太太都那么懒，还有那么多猴孩子总得有人管，张妈或许就是看准了这个，抓住了把柄，才敢那么“颐指气使”。在这样的宅门里，能待上五六年，“蛮悍”固然是必要的，但更多的是她的气场和杨家是一致的，她没有同化杨家，杨家同化了她，她的“蛮悍”并没有为她赢得实际的生活条件的提升，相反她住的地方也和祥子一样“狭窄”“有臭虫”；她的工资待遇也不可能高，因为，大太太给祥子一角钱小费的时候，也要故意把她支开。最令人难过的是，当和她一样命运的祥子被主家刁难抱着一周岁的“小泥鬼”找她寻求帮助时，她不但没有伸出援手，还把祥子“骂了一顿好的”。这个可悲的女人在生活的艰辛面前，慢慢变得表情僵硬、内心麻木了。

夏家是个“见不得光”的家庭，夏先生和姨太太暗地里组织的小家庭，“在僻静地方”。男主人夏先生是祥子“讨厌”的人：看上去“知书达理”，却做着“鸡鸣狗盗”的事，放着家里的孩子和大太太不管，把所有的钱都供奉给年轻貌美的姨太太。姨太太夏太太是个令祥子觉出“害怕”的人，“仿佛她身上带着他所尝受过的一切女性的厉害与毒恶”。杨妈来自乡间，人也老实，平时面对主人的责难“一声没敢说”的人，她何以在这家做事？从祥子的眼光看，夏家人少，没什么事做，“吃的用的都常得到一些”。但是，因为主人的人品，这里头其实藏着很多职场的不确定性，所以杨妈的眼光见识还是短了一些，只看到眼前的利益。在夏太太的刺激下，她几乎没有别的保护自己的技能，她只能开启一个乡下村妇最本能的反击，结果只能“卷着铺盖卷滚蛋”。

三

高妈的高明，在于她的性格中的丰富性：

她可以“干净嘹亮”，也可以“神眉鬼道”；

她可以说话“转着圆圈说”，也可以是“直心眼”；

她可以“很和气”，也可以“很毒辣”……

高妈的高明，在于她能识人能辨事。

正如张妈必然在杨宅，杨妈选择在夏宅，高妈何以选择在曹宅，听听高妈自己的解释：

“这儿呢——我在这儿小三年子了；可不是，九月九上的工——零钱太少，可是他们对人还不错。咱们卖的是力气，为的是钱；净说好的当不了一回事。可是话又得这么说，把事情看长远了也有好处：三天两头的散工，一年倒歇上六个月，也不上算；莫若遇上个和气的主儿，架不住干日子多了，零钱就是少点，可是靠常儿混下去也能剩俩钱。”

高妈绝对是个头脑清晰的人，始终明白自己想要的是什么。要活下去，必须有钱，主家给的零钱也不多，但是常言道：“和气生财”，她选择主家“和气”，“和气”了就能干长久，干长久了，就能有钱，而正因为主人的“和气”，赚钱的同时也被尊重。“有尊严地赚钱”，这一点清醒，是张妈和杨妈都没有的意识。

高妈的高明，在于她有胆量有手段。

高妈一边在曹家打工，一边还做第二职业。这第二职业不是别的，而是放高利贷。对于放高利贷，高妈从自身的经历出发感觉不是剥削，恰恰是另一种意义上的“慈善”。但是她也从不把自己当成“慈善家”，她穷怕了，她得首先保证自己的生活。“不能拿钱打水上漂”，于是方法上就厉害点：“当巡警的到时候不给利，或是不归本，找他的巡官去！一句话，他的差事得搁下。”“将一比十，放给谁，咱都得有个老底。”这种手段，僵硬的张妈、迂直的杨妈都是干不了的。

高妈的高明，在于她会沟通，懂尊重。

相对于张妈的冷漠，杨妈的无能，高妈要柔软和善且能干得多，祥子因为虎妞的事心里慌乱，拉车的过程中把曹先生摔了，自己也受了伤，面对这种尴尬的情形，祥子早已不知所措："先生另找人吧！这个月的工钱，你留着收拾车吧。"憨直的他认为只辞工不足以减轻自己失误而带来的罪责。这个时候高妈看着着急，她出手了，并且不露痕迹：

"祥子是磨不开；本来吗，把先生摔得这个样！可是，先生既说不是你的错儿，你也甭再别扭啦！瞧他这样，身大力不亏的，还和小孩一样呢，倒是真着急！太太说一句，叫他放心吧！"她的话"很像留声机片"，"转着圆圈说"，"没有起承转合的痕迹"，高手高不高一出言就知道。

巧言令色不是本事，最重要的是背后的那颗心。

高妈有本事，但她在憨直的祥子面前从来不卖弄，得知祥子要买车，两次给他出主意，一次教他也放高利贷，一次教他采用"众筹"的方式，见祥子只听，不敢行动，她想"俏皮他一顿"，想到他的"直诚劲儿"，又"不太好意思"了，只说了一句：

"你真行！'小胡同赶猪——直来直去'，也好！"

这一句"也好"里，有多少尊重在其中。

除此，对祥子的职业高妈也表示肯定和尊重：

"我要是个男的，要是也拉车，我就得拉自己的车；自拉自唱，万事不求人！能这么着，给我个知县我也不换！拉车是苦事，可是我要是男的，有把子力气，我楞拉车也不去当巡警……"

要知道虎妞从来讨厌祥子拉车，而高妈却把这个职业捧得这么高。难怪祥子喜欢跟高妈说话，觉得“这个女人比一般的男子还有心路与能力，她的话是抄着根儿来的”。有能力不假，会说话也不假。

四

高妈最大的高明，是在那个乱世里，她没有丢失自己。

她自信。“大家都说高妈厉害，她自己也这么承认。”这种底气不是谁都能有的。

她热情。在生活中她永远保有一份活泼和热情，她说话歇后语还挺多，一会儿这样说祥子的“直”：“小胡同赶猪——直来直去。”一会儿这样说祥子的“话少”：“客（怯）木匠——一锯（句）。”语言活泼的人，内心也不会死板。

她懂爱。高妈最动情的地方莫过于一个细节，那就是在祥子摔伤曹先生时，自己也摔伤了，高妈帮着在曹先生夫妇面前给祥子解围，然后拿着药瓶跟到祥子屋里，放下药瓶，“立在屋门口”，对祥子一番解劝之后，说了这么一句：“我一点也不是向着他们说话，我是为你，在一块儿都怪好的！”“我一点也不是向着他们说话，我是为你”这句话虽然表示亲近也还好理解，但后一句大有深意。说完这句话，她“喘了口气”，很奇怪的，为什么在这里要写“喘了口气”呢？除非高妈说这句话时是下了好大的决心。高妈动情了，却也懂理，从她“立在屋门口”就可以看出她是一个懂得自爱和爱人的人。

而这恰恰是高妈最可爱的地方。

别忘了高妈是一个三十二三岁的寡妇。比虎妞年轻，单身。她有这种想法特别正常。一路走来，她似乎没有得过什么爱。丈夫在世的时候，“喝醉来找她，非有一块钱不能打发；没有，他就在宅门外醉闹”，正是因为最亲近的人也是“那样的无情无理”，使得她“咬上了牙”，在乱世中不断总结反思，变得越来越聪慧能干：她能“毒辣”也能“和气”，能“神眉鬼道”也能“干净嘹亮”，能“转着圆圈说话”也能“直心眼”……

“她的厉害是由困苦中折磨中锻炼出来的。”

苦难中她不但能力和手段越来越强，而且更可贵的是她从来没有丧失爱的能力。

总觉得老舍先生对高妈的偏爱不是一般的，那里似乎寄寓着很多生活的理想。

五

《骆驼祥子》中最深刻的一幕是：

到了曹宅门外，他的手哆嗦着去按铃。等着人来开门，他的心要跳出来。对这个熟识的门，他并没顾得想过去的一切，只希望门一开，看见个熟识的脸。他等着，他怀疑院里也许没有人，要不然为什么这样的安静呢，安静得几乎可怕。忽然门里有点响动，他反倒吓了一跳。门开了，门的响声里夹着一声最可宝贵，最亲热可爱的“哟！”，高妈！

“祥子？可真少见哪！你怎么瘦了？”高妈可是胖了一些。

在生活的磨砺中，祥子变“瘦”了，而高妈却“胖”了。一胖一瘦，多少的寓意都在这一对比之中。同样的社会浮沉，高妈失去丈夫却越过越好，祥子失去老婆，越活越逼仄。

这到底是为什么呢？

六

读着《骆驼祥子》，想着鲁迅先生的“辛苦展转”“辛苦麻木”“辛苦恣睢”。

在生活的道途中，我们又属于哪一种类型呢？

第五辑　相遇，彼此成全

那一年水灾

记忆里有一道阀门
一触即发
洪水漫延的夏日
那一年的水灾
如在眼前

那一年家乡要发大水，好像是20世纪90年代。我大约是现在芊这般年纪的光景。

我们家的楼房已经盖起来了，但是因为是青灰墙，不能在水里泡，爸妈很是担心了一把。

因为楼房是用青灰砌的，听妈妈抱怨过爸爸。那时建个房子太难了，妈妈当时要求用砂浆浇筑，好像在当时这两者价格相差不大，但是爸爸觉得没有必要。没有必要是因为没有想过会淹水，现在要淹水了，连爸爸也懊悔起来。

小孩子家家的听妈妈事前事后地唠叨，因此，我对那年发大水的第一个清晰的记忆坐标就是我们家的楼房。30多年过去了，现在房子还是老房子，它依然挺立着，只是内部装修不同罢了。

说是发大水，其实并没有发。

其时邵伯湖的水位到达了历史最高，庄人没有见过这么高的水位，大家都认为东大坝的圩子怕是保不住了。而我们的村庄就紧靠在邵伯湖的旁边，邵伯湖的大坝一倒，我们的庄子首当其冲。于是家乡的人纷纷把家里最值钱的东西，还有老人孩子送到地势比较高的亲戚家。

那一年我和哥哥，还有家里的粮食家具一起被送到酒甸的二姨家。

我记得好像正好是在暑假。本来每个假期，我们都会走亲戚的。不在二姨家就在娘娘家。

所以，那个假期，我们一点也没感受到背井离乡的窘迫和恐惧。除了写写作业，闲下来就是和二姨家的松坡以及他们庄上的孩子们打牌玩闹。孩子嘛，有的玩，万事大吉。只是时间长了，也想爸妈。爸妈偶尔来看看我们，就也想着要跟他们一起回家，想看看人们在大坝上都怎么干活。孩子永远有孩子的好奇。

“回去？住在哪儿？吃什么？”爸妈总是这样说。

“不是还有家吗？”我们很疑惑。

“家里不能住，要是发了大水，都没人来救，也来不及救。”

爸妈连连摇头。

这时也有些微担心。“你们住在哪？吃什么？”

“我们大人好将就。”记得爸妈如是说。

爸妈又回去了。

晚上和二姨他们一家在外面乘凉吃晚饭。那时夏日，我们的晚饭都在外面吃。一张长桌子，或者两张长凳子支起一块面板变成一张长桌子。当时二姨家就是面板拼成的长桌，粥盛在钢锅里，钢锅放在面板上，我也坐在面板上。

很奇怪哦，我怎么坐在面板上？没有凳子了？不记得了。

我记得我坐在面板上，喝完了最后一口粥，突然一个倒栽，摔在地上。咚的一声，眼睛一阵发黑，后脑勺像着了火，因为小孩子骨头软，还因为是泥地，所以并没什么大碍，倒是那只捧在手里的碗滚到一边，摔成了八瓣。

见碗摔碎了，加上后脑勺的灼灼的疼痛，再加上冷不丁的倒头栽吓得，“啊——”我的哭声像受到猛击的邵伯湖的浪花一样四下迸溅着。

二姨不知从哪个角落跑出来，一把抱起我，轻拍我的背，揉我的后脑勺：“哦，不怕不怕——碗摔破了不要紧，别把我家孩子摔到哪里。”

“碗摔破了不要紧，别把我家孩子摔到哪里。”30多年过去了，这句话依然清亮。

……

后来，并没有发大水，许是父母他们抢修圩子相当卖力，许是本来就没有那么严重。我们终于从二姨家搬回自己家了。

新打的家具在搬家途中这里被磕破一点，那里被划了痕，还有的脚都找不见了；当时生怕房屋倒了，堂屋里的家主（玻璃的上面画着山水画）被压碎，所以放在了菜地里，结果被雨水浇得面目全非；粮食在搬来搬去中也损失了不少……

“唉，早知道是这样，不如不搬！”爸爸恨恨地说。

“唉，下次就是淹了也不搬了！”妈妈也恨恨地说，完了加了一句，“只要保证两个孩子安全就行了。”

我对父母的那次对话，记得也分外清晰。

后来，我们正常上学了，每个学生分到了一杯方便面（类似现在的小包装的方便面）。那是我人生中第一次吃到的方便面，作为赈灾用品发放到我们手里，很宝贝。味道如何，我却是怎么也想不起来了。

再后来，邵伯湖的水位几次都超过了那一次的水位，家乡的人谁也没在意，仍然过着正常的日子。

人的胆子就是这样大了起来。

这就是90年代的那次“未遂”的洪灾留给我的全部记忆。

这几天河南的暴雨引发的触目惊心的洪灾竟然让我回忆起了往事，感觉那浸泡在水里的车里的有我，顺着水流一路漂走的像我，被阻在楼房最高层等待救援的是我……

人，真的很奇怪。若干年前我谁也不认识，扬州以外的地方，除了对自家亲戚待的地方有亲切感，其他的于我都是很单纯的地理名称。现在不同了。

一个语文湿地，把我跟世界连接。

湖北的张敏姐姐是我们时刻关注的，后来河北的陈群姐姐她们，再后来广东的师父、幸子姐他们……现在河南，因为海芹和秋备，也变得时刻让我挂心。

原来鲁迅先生说得没错：“无穷的远方，无数的人们，都和我有关。”

我有一个不封的阳台

有一个不封的阳台
远山连绵，霞光变迁
南方快节奏的生活里
静坐是一种奢侈
……

忙完活，站在不封的阳台上，看天边的云流转，仿佛跟着流转的也有自己。

啊，一方小小的不封的阳台，像是敞开的心胸，连接着我和天空流云，落日晚霞，月亮星辰……

南方的天空很少晴朗，不时一场大雨带着闪电倾盆而下，不时阳光又倏忽而至。转变最为迅速的一次，刚刚还是骤雨横斜，芊就去了一趟房间，回转身来就见阳台上艳阳铺洒。

“咦，怎么回事？”芊不禁惊叹连连。

我也惊叹，不过我惊叹的是，下雨的多数时候，阳台上很少有雨，衣服不湿；晴朗的时候，阳光亲吻过的衣服的每一个褶皱里都有说不出的清香与柔媚。

这几天倒好，雨少了很多，今儿早上只淅淅沥沥一阵，芊连伞都不要打。到了晚上，此刻，阳台上竟然有了月光。

为什么不下去跑几圈？我突然想。

我都好几天没跑步了，连瑜伽也做得很少。

到今天为止，架起客厅的窗帘，我的搬家的事宜总算告一段落。“妈妈，小心点，别摔下来。”最近听得最多的就是芊的这句话，于我，这句话似镶上了金边一般。最近我几乎把我毕生的快递的大半都买了，小区到快递点的地都踏平了，每天也没怎么运动，动不动就走了五千步以上。

一个家终于总算是成了。

最累的时候，就躺倒在瑜伽垫上，闭目歇上一会儿，耳边听着熟悉的音乐。

感觉似乎好久没看书的样子，其实一天也没离开书。但是心有点迷糊，它散落在四围的犄角旮旯，找不着，聚不拢。

今儿早上，我竟然能从从容容地坐下来读王维了：

木末芙蓉花，山中发红萼。

涧户寂无人，纷纷开且落。

那飘落的花瓣的声音，我真的听到了，仿若校园里绿色的草地上散落的红鸡蛋花一枚。

突觉心中又有了空隙，而那空隙越来越大，逐渐蔓延过我的身体，拥拢了我的周身。

我沉浸着不动。

诗人是需要在特定的境遇中才能遇见的。果如是。

晚上的此刻我别的不想，就是想奔跑。

穿上运动鞋，下得楼来，就沿着小区的跑道一圈一圈跑，速度越来越快，感觉身体的每一个骨节都松动开来，它们在迎接着久违的狂舞和欢歌，这是憋闷已久后最畅快的表达。

“加油，加油！”一个清脆的孩童的声音传来。我转过头，似乎旁边也没什么人，他在为我呐喊呢。

这小小的声音竟然鼓舞了我，于是我像小鹿一样在空中弹跳起来。

人就是很奇怪，有的时候，你自己都不知道，你的力量究竟来自哪里。

一个陌生的身影，哪怕小小的，也能将你托举。

只要你有心。

想到这，我不禁又为早晨发生的事情感动起来。

隔壁班的外教请我到他们班里喝他亲自煮的咖啡。加蜂蜜，加椰粉，还加了一点什么，我心想，这能好喝吗？结果味道调出来，真的特别棒，我觉得这是我喝过的最好喝的咖啡。

我边喝咖啡边做事，中途，他又专门到我们班里问：“味道好不好？”

我说：“Very OK!”

然后，我们大笑。不同国籍，一个操着蹩脚的中文，一个说着蹩脚的英文，但并不影响我们的表达。

一杯咖啡，冲淡了我初到异乡的陌生感，给了很多不适以宽解。

好喝！除了感恩，还说什么呢？

跑完步，我大汗淋漓，又站在阳台上。

不封的阳台，像不封的人的心。

17 楼上的天空似乎很低，低到“手可摘星辰”，低到可以听见天空的低语：

手中有笔，心中有爱，你怕什么！

周一就能跟我的学生们见面了，我一定要告诉他们：

孩子们，你们的老师有一个不封的阳台！

放 空

钱锺书曾说过一句话：

“洗一个澡，看一朵花，吃一顿饭，假使你觉得快活，并非因为你澡洗得干净，花开得好，或者菜合你的口味，主要因为你心无挂碍。”

一

晚饭后，突然啥事也不想干了。

“芊，走，妈妈带你去兜风。”说走就走，我到楼下开了车，直奔松山湖。

张国荣的歌被开到最大声，周边的灯光我还是嫌太亮。

就差最后一个左拐弯就到松山湖了，不想竟然堵车。

“走过千山，我历经多少风霜，才能够回到，你的身边……”张国荣深情的声音在车厢里缭绕。

等了一会儿，又一会儿，前面的车就是不动，我启动了车，直接拐向了右边。

我关闭了去松山湖的导航。

“妈妈，不会迷路吗？”芊有点紧张起来。

“不会。”我姑且一说，心里却想：迷路了再按导航回来啊。

车渐渐驶入灯光稀少的路上，抬头一瞥，天上的月儿格外亮了。

夜就应该是这样的。

二

跟师父到贵阳上课，等我回来已是凌晨。

芊一个人，小身体蜷缩在床上，我一阵心疼。

洗洗漱漱，自己的房间也不回了，拥着那个小身体躺下，芊也一下凑到脸边，两个人竟热情地交谈起来。临了，为了不打扰孩子休息，我还是乖乖回到自己的床上。

想着孩子今日的种种，我觉得还是应该为她做点什么。

于是我决定晚上不在学校吃了，回家给她做饭。

大白菜炒肉片，红烧昂刺鱼，炒韭菜……简简单单，都是芊爱吃的家乡味，特属于妈妈的味道。

我炒菜需要酱油，芊就去买，需要她去扔个垃圾，她就去扔……

我不开心的时候，她会拿脚蹭我的脚脖子。

这还是那个不久前在家里还需要爷爷喂饭吃的她吗？

芊，用我看见看不见的方式成长着。

我炒菜，她想插个手就插，不想插手，就去看个电影，或者听听英语。

她的一切变得从容起来，不再需要为了等妈妈在校园里流浪，像一只流浪猫一样。

尽管她的从容，变成我的手忙脚乱，但我仍然觉得值得。

晚饭后，我们还能下会儿五子棋。

三

生活一地鸡毛。

拾一地鸡毛，没准能做成鸡毛掸子。

掸尘。

南方的快节奏里，我试着把心上的挂碍，一件一件挪开。

平和淡定成就一个女人的美

从前认为一个女人长得清爽，瓜子脸或是鸭蛋脸是美的，后来以为打扮入时，身材婀娜高挑是美的。和她相处十年下来，我觉得美跟什么脸型没关系，跟穿什么没关系，跟什么身材也没有关系，因为在我的眼里和心里，她，就代表了美。

初见面时，我怀着忐忑的心情来到学校，前路的不可知，周边人事的陌生，都让我显得局促。她，并不是个外表出众的女子，对她的最初印象定格在那张既不是鸭蛋形也不是瓜子形的，甚至有些微胖的，然而却充满关切的暖意融融的脸上。后来我们就成了好朋友。一开始我也并不觉得她美，甚至觉得她可能已经是孩子的妈了，那么成熟稳重，熟悉后才知道她仅长我三岁。

刚走上教师岗位，我的内心总有种紧张不安、无所适从的感觉，又是教高中，学生站起来大都比我高一个头，再加上一来就做班主任，每天面对学生的种种，辛劳不说，“压力山大”。每次我拖着疲惫的身躯回到宿舍，周边的同事还不太熟悉，唯有见到那张亲切的脸，一点也没有陌生，一点也没有隔阂，总想把心中的压抑和担心跟她一吐为快。而她总是微笑着默默听着，然后三言两语之间，我便顿觉心胸开阔不少。

和她相处的时间越长，越觉得她身上有一种特别的东西吸引你，她总是站在离你不远也不近的地方，微笑着或沉默着，平和而淡定，让你觉得舒服，觉得美。

逐渐地，我从一个没有经验的年轻教师成长为一名能独当一面的成熟班主任，获得了一些肯定、一些成绩，我有了点成就感。

我以为在教师的这条路上我会一直走得信心十足，走得毫不犹豫，如她一样平和淡定。

但是我的耳朵里多了很多同事的抱怨，眼睛里也多了很多路人对教师的不屑。清贫的教师比不上一个泥瓦匠！

尤其一位同学的话让我久久不能释怀，他说："一个职业，让今天的你很轻易就看到明天的你的发展轨迹，这样执着，到底值不值得？"他的话让我觉得，自己就是一头围着磨打转的驴，终其一生，一直停在原点。

那一段时间我陷入这样的困惑中，工作依旧认真，但内心填满了对自己可怜未来的哀悼，不能自拔，而她一直静静地捧着一本书，似乎从不担心什么。同样的境遇，为何她如此平和淡定？她只是劝我多读一些书。但此时我的心里除了焦躁，盛不下别的，我忽略着身边的所有，包括她，我把我自己也弄丢了。

直到她的父亲和我的父亲相继查出得了重症，我才把自己从一己的疼痛中释放出来，我和她相互鼓励相互安慰：一起含着眼泪回忆和父亲在一起的点点滴滴，一起在心里默默为彼此的父亲祝福，一起参加赞美父亲的征文大赛……也在这时我才真正了解这个早已是我的朋友的人，她的家庭、童年还有她的父亲。她说，她的父亲一生总是给予，默默地抚养她们姊妹三人，从不与人争什么，做生意被骗，把一切都埋在心里，从不对家人发泄什么，她印象最深的就是父亲的平和淡定。家境的贫困之所以没在她的身上留下任何阴影，是因为她的童年是在父亲慈爱的目光的凝望中度过的。

自此，透过蒙眬的泪眼，我了解了她的平和淡定的背后。

不幸的是，她的父亲去世了。我们相对而泣，绕着学校的操场跑了一圈又一圈，她说："你真好，还有父亲可以叫。"我突然觉得生活其实真的很简单，有父亲可以叫，真好！

再后来她公公和婆婆相继查出癌症，婆婆去世了，再后来她舅舅、外公相继去世了。她一面擦干眼泪照顾家人，一面认真工作，从不懈怠，为着这样一个轻易可以看见未来自己发展轨迹的职业，如此执着，到底值不值得？我在心里默默问她，也在问我自己。

突然有一天，她说介绍我看部电影——《心灵捕手》，对我们做教师的很有启发。我看了，影片讲述的是一个心理医生用真情打动一个心理扭曲的天才少年，最终帮他从心理阴影中解脱的故事。后来我们又一起观看了《放牛班的春天》，一个音乐老师用自谱的曲子感化了一个个即将堕落的灵魂。

我重新思量，我们教师真的只是在原地打转的驴吗？

后来她介绍了更多的电影给我，《蝴蝶梦》《魂断蓝桥》《云中漫步》《肖申克的救赎》《呼啸山庄》《乱世佳人》等。很多经典本身就是名著，看完电影再看原著，别有一番滋味；看完之后，我们开始交流，更有一番滋味。她记忆力极好，有时能把精彩片段原词原句原封不动地背下来，很是让人享受。

而这时的她也是最美的，眼睛里含着光，脸上有时激动地泛着红晕，在我看来是其他任何外表华丽内心空洞的女人所不能比拟的那种美。

逐渐地我发觉我也开始沉静下来，内心变得平和淡定，充实坚强，我又找到了我自己，又开始对工作充满激情。同事夸我永远那么神采奕奕，只有我明白，我的方向已经确定，内心不再彷徨畏惧什么。

感谢她，我的朋友——李玉芳老师，我生活的导师。

是她，用她的行动让我明白：繁华落尽，很多东西我们不能改变，唯有平和淡定才是生活的本真，唯有平和淡定才能成就一个女人真正的美！或许这就是普天下所有老百姓的一种深沉的生活智慧！

有一种伫立即是永恒

和朋友同乘一辆大巴回扬州，不知不觉聊到我以前的班主任，高一只带了我们一年的班主任，姓曹，名茂昌。

我们昵称他为茂昌大叔。

从我的高中学校到我家要穿越整整一个扬州城，在那交通并不发达的年月，中途需要倒两次车，有时还不止，辗转劳顿自不必说。

所以我们大多两周回去一次，有时一个月才回去一趟。

学校伙食相当不好，在宿舍半夜还能听到老鼠偷吃的咬啮声。

半夜起来，开门，运气不好时，还能碰见一个专门偷女生衣服的变态。

我就曾经亲历，四目相对，我一愣，他一愣，旋即他跑开了，然后我才想起来一顿惊叫，一排宿舍的舍友纷纷被吓醒，一团战栗。

……

就是这样，我依然不后悔来到这所学校——红桥高中，简称红中（别搞错哦，不是麻将牌）。当然当时除了县中，排在前面的，就是我们红中了。

我的不后悔倒不是因为它的声名。而是因为在这里，遇到我们的茂昌大叔！

他长得瘦瘦精精的，戴一副眼镜，第一堂课《雨中登泰山》，当他把课题写在黑板上，我记得下面一阵“哇——”，记忆清晰：黑的板上，五个奇崛的白的字，像一道亮光撑开了黑的夜。还没有登泰山，先已自无限神往了。

“有雨趣而无淋漓之苦”，我想这句话我会记一辈子。

不仅如此，他还是朗诵高手。他的感情永远那么充沛，他朗诵时，含着笑或者带着泪，瞬间把我们的心都捕获。哪怕是班会课上，他也讲得激情澎湃。也就是在他的班会课上，一个芽在心中萌发，那就是“博爱”。虽然使这个芽成长又费了不少的时光周折，但是确定，芽就是萌发在那里。

他喜欢笑，露出八颗牙齿、很真诚地微笑。在来来往往打开水的学生群中，偶一抬头，碰见他，他就这么地朝你微笑，像个孩子，不像是遇到他的学生，而是一个平等要好的朋友，你立马下意识地回以同样的微笑，同时心底一股暖流在升腾。

现在提倡的整本书阅读，我们茂昌大叔早就搞了。每个周一下午有他的两节课连上，他给我们读名著精读，我印象最深刻的是《战争与和平》《静静的顿河》《这里黎明静悄悄》，经由他读过的文字，每个字都活泼，每个人物都生动，每个风景都旖旎……我喜欢读书，喜欢读书的生活方式，也是从那时确立的。

不仅如此，他还牺牲休息时间，把所有语文老师都召集起来，给全年级爱好文学的学生讲古诗词。傍晚的晚霞中，我们读着“玉阶空伫立，宿鸟归飞急”，读着“问君能有几多愁，恰似一江春水向东流”，读着“归去，也无风雨也无晴”，甚至还有黛玉的“花落花飞飞满天，红消香断有谁怜”……那样含英咀华、身心俱醉的感觉到现在仍深刻在心。

我最难忘记的是他的作文课，那时，我的文章几乎每堂课都被读到，为了这个，我写作文可认真了，常常打着手电筒在宿舍写到深夜，有时候买的电池不济，在昏黄的灯光中，伏着床沿，用一支最普通不过的笔在作文本的不大的格子里涂写着人生的憧憬，耳朵里不时传来老鼠吱吱的声音抑或舍友打鼾磨牙的声音。现在想来，还特别感动。我想这就是热爱吧，我不可救药地爱上了写作，虽然尘封了一段时间，但毕竟有个根在那儿了。

上了大学，我毫不犹豫选了中文系，重新开始写作，靠着一篇篇的文章，成为文学社社长。

和文学社的结缘也起源于高中时，我记得我们学校文学社名叫“紫荆文学社”，因为我们学校长满了紫荆花树。某一天，我看见我的名字就出现在了紫荆文学社名单里，后才知道是曹老师推荐的。

他就这么默默地为我们做着一些事，我敢肯定，当时我们高一（1）班很少有不喜欢我们曹老师的。

我生平第一次跑1500米，也是因为他的一句话：“班里也就你能跑1500米了。”虽然跑下来就感冒发烧，还劳烦他把我送到医院，哈哈……但是毕竟我跑完了全程呢。

……

哦，回忆好多，但是回忆里不仅仅有美好，还有遗憾。

他仅仅带了我们一年，就去了县中。

班里两位同学也跟着过去了，我也想去，但是不想给家里增加负担，所以提也没敢提。

只是，从此，语文课对我来说，黯然无色。

高中剩余的两年，回忆里，竟然挤满了孤独——

不再期待语文课，也不被期待。我甚至一度写不了作文。

……

如果注定要离开，就不要留下深刻而美好的记忆，从前我一直这么想。

如果能留下深刻而美好的记忆，即使注定离开，也值得。现在我这样想。

离教师节还有一些日子，朋友的话，竟让我想念起我们的茂昌大叔了。

有一种身影的伫立，只要在你的生命中出现过，即是永恒。

我的老师夏安高

说起我们夏老师，还得先说说我们初中的那个班。

学校是镇上的中心校，小学到初中一贯制，很多学生从幼儿园就在一起，一起同学到初中，有的确实是攀着亲带着故的，但也不尽然。

也不知咋搞的，某一天我就一下子多了很多“长辈”出来。有的说是和我妈妈平辈，让我叫“舅舅”的，有的说是跟我爸爸平辈，让叫“叔叔”的，这个还算好的，还有让叫“外婆”“太爷”的……还说出什么“典故”来，让你无法辩驳。最热闹的时候，几乎一哄而上，有说是和“外婆”同辈的，让也叫“外婆”，有说跟那“太爷”是兄弟，让也叫他“太爷”，人多嘴杂，辩不过的时候，就说：“先把压岁钱拿来，拿来再叫！”于是一片沉默，各自散去。

……

在这么多“长辈”罗立的班里，他，夏老师，竟然是我的“晚辈”，而且还真能攀着亲。

师娘是老王家的女儿，和我妈妈同宗，要管我妈叫“姑奶奶”的。

论起来，夏老师要叫我“娘娘”，哦，罪过罪过！

凡为我师的，我在心里自然而然就把他升到“父辈”的行列，更何况他，还是一位令我尊敬的老师。

论长相，夏老师长得有点“吃亏”，教我们的时候，也就三十来岁，看上去像四十大几，也有人猜他“五十”，但是现在感觉，他几乎跟当初一样一点没变。

说起来，他就是那位在我日记本里的“菜花”标本旁写上批语“诗情画意”的老师，我小时候就喜欢自己跟自己玩，在日记本里夹个树叶或者花瓣是常有的事，咦，碰上个老师，还给你的“不经意”来个神点评，感觉真的很惊喜。

他还是那位在我爬上飞机航标遥看四周写下一篇应景文章时大赞我有李清照之风采的老师。彼时，我根本不知道李清照是谁，但是真的很受鼓舞。

他还是那位在我步行上学的路上走得有点疲累的时候冷不丁地骑个车过来，对我说“走，上车”的老师……

记忆中，他就从来没对我们发过火，他总是笑眯眯的。

上他的课，我们整个班都有点狂野奔放，大家争着举手，甚至把面前的课桌都挤得变形，唯恐发不了言。我翻遍了记忆，竟然不记得上课的具体内容了，只记得上课时我们高高举起的手和回答完问题的快乐！

他很会鼓励学生！

我记得一次他问一个问题，问了一圈，轮到我回答，我说了一长串，他一直微笑着倾听，我语声刚落，他说用三个字概括，我立马回应：“不一定！”

他哈哈大笑："嘿嘿，答对了！"

……

刚开始工作的前几年，我们几个要好的同学每年过年都要挤在夏老师家碰个头，夏老师家里家外放满了绿植，都是夏老师布置的。你看，真正的"诗情画意"在这里。现在大家都忙，只是每次走在回家必经的路上，都会不自觉地从夏老师家门口朝里张望。有时在路边碰见，尽管再忙着赶路，也要摇下车窗，叫一声："夏老师，好！"

有一次我开车回家，烈日当空，正好碰见夏老师从公道镇上步行往家里走，这一路少说也得五公里吧。喔，老师好兴致啊，其实他就是这样不怕吃苦。

我赶紧停车。"走，上车！"这回轮到我对他说了。他看见一辆车在他面前停下正纳闷，没想到是我，随即上得车来，分别这么多年，很奇怪我们之间一点陌生感都没有，一路聊到他的家门。

然后我们很自然地分别，没有过多的热络。

可是，我对他的关注 直没有停止。

他退休了，又被学校返聘了几年，因为他做事认真，生性恬淡，爱写作，关心人。

他们学校的沈校长跟我说过："别的人到年龄该退的退，这位夏老师我不能让他退，实在人，会干事。校报的编排指着他呢。"不知为什么我听了竟然鼻子酸酸的。

他其实学历并不高，是"老三届"的高中生，那个时候教师工资并不高，在别的老师忙着承包个食堂或者开个小店抑或开个小厂来提高自己的生活水平的时候，他就安安分分做他的语文老师。他的安分里有他的坚持和倔强，我们从来没有听他发过任何牢骚，我为他骄傲！

终于知道夏老师长得老成的原因了，时光就是用这种方式让我们永远不会忘掉他当初的模样。

祈祷——

岁月请帮我们保管好我们的老师，不要老！

不期而遇

昨日，一个很普通的午后，没想到一场特殊的相遇等着我。

芊还在上网课，我因为坐得久了，不舒服，就下楼准备跑步。

坐电梯下来，唔，下雨了，没带伞，回去拿吗？不想。于是我“就地取材”，就在楼下的玄关处巴掌大的地儿，来来回回地跑。此刻，耳朵里塞着耳机听自己的朗诵，我跑得很投入。

蓦然，身后有叽叽咕咕的小家雀样的声音，我一转身，看见一个中班年龄的小男孩，穿着黄黄的衣服，像一只刚孵出来的鹅崽，正朝我好奇地发问：“阿姨，你这是在干什么呀？”

大约他从来没见过这么一个人围绕着巴掌大的地儿，来来回回跑。

我拿下耳机，听清了他的话，想到自己在这个小人儿的眼里奇怪的样子，有点想笑。我撸了撸袖子，正儿八经地回答他：“阿姨在跑步呢，锻炼身体！”

他似乎一下子来了劲，竟然跟着我的步子来。我这才注意到这个孩子左手拿着一个纸盒，右手拎着一个垃圾袋。

“你是下楼扔垃圾的吧？”我眯眯笑着，我们的眼睛又愉快地对了一下话。

“是的阿姨，我扔垃圾。可是下雨了，我过不去了。”孩子很会攀谈，我顺着他的眼光看着在雨中的对我来说不远对他来说不近的垃圾箱。

“这好办啊，阿姨帮你扔啊，好吗？”我等待着他说“好”。

“不，阿姨。我有办法，看我的！”话音刚落，他就开始原地转圈，转了三四圈，右手一发力，垃圾袋飞了出去，刚好落在路的中央。

“哇，你是铁饼运动员吗？”我笑得直不起腰，“就差一点点。”

孩子也蹦跳着笑，笑里竟然还带着把垃圾扔到过道上的抱歉，“差一点差一点！”

他看看垃圾袋，又看看我。

“没事，没事。来，这个纸盒给我，阿姨顺带也帮你把路边的那个一起扔进垃圾箱，怎么样？”小家伙一听，非常信任地把手里的纸盒递给我，眼睛里竟然有释然的光。

我冲进雨中，三下五除二，很快解决了问题。

孩子很是开心。“阿姨，我们回家吧。”小家伙跑过去把大厅的玻璃门给拽开了，等着我。

“哦，阿姨今天的跑步任务还没完成呢，你先回吧！”我凑到他身边，挥手示意他先上电梯。

他跑进门内，又跑出来。

“阿姨，我们一起来比赛，好吗？”小豆豆想向我挑战了。

芊也经常向我挑战，这个平日里总喜欢叫我“老年人”的娃，在跑步的时候对她的妈是服气得不行。

此刻，这样的小豆豆，比芊还要矮大半个头的娃娃，也要跟我“宣战”，果真是初生牛犊不怕虎啊！

啊哈，好啊，好啊！我不接受挑战，显得我太小气了不是？

于是，我们正儿八经地选了一条线起跑，从外面的过道到大厅的玻璃门。

不得不说，这娃跑得真快！

一则这样的跑道，像我这样的“大船”调转船头是不利的，但是对于那样轻利的“小舟”是适中正好的；二则每次到尽头的时候，我都有点担心他因为速度快了，冲出外阶去，所以故意放慢速度，眼睛始终盯着那个小身体。

“哇，你这是在飞吗？”

“阿姨，我从来没有跑输过！”

我们的笑声估计震撼了周边，有过路的三三两两的人，停住了脚步，但终于因为各自的节奏驱使，又默默地走远了。

还是只剩下我和他。

“你的刹车系统很灵啊！”趁着间歇我朝他直点头。

“我练过。”他喘着气说。

“在哪儿练过？”我溢满了好奇。

“跟我爸，我们在那儿跑五圈。”他用小手指着小区东门的方向，我知道那里有个篮球场，“我爸爸跑几圈就累了，我还没累呢。然后呢，他不想跑了，我就只好跟着他回家……”孩子做出一副无奈的样子，这孩子真是太有意思了。

我在他的无奈的小动作中，看到了这样一个场景：一个年轻的爸爸每天带着孩子奔跑，孩子越跑越精神，老爸却早已受不了……

我又被逗乐了。

“你是 1101 的？”我也不知道我为什么这么问，只是突然就想这么问了。

“是的，阿姨。”

“哇，天哪，你真是 1101 的？”我简直太惊喜了。

“我去过你家，拿药的，你记得吗？”我问。

“我记得，我知道你，阿姨。”小家伙歪着头，看着我。

我竟然有点激动了，原来真是他！敢情他一开始就认出了我，而我却……

今天，我们竟然能不期而遇……

“阿姨，我们回家吧！”孩子又一次这样说。

你看，在孩子的心中，住在同一幢楼，乘坐同一部电梯的就是自家人。

我的心中有东西被融化，暖丝丝的。

“你先回去哦，阿姨住在 17 楼！有时间就到阿姨家来玩！”我想看着他上电梯。

“哦，17 楼，我知道了！”孩子又重复了我的话，“阿姨，我再跟你飞一个。”于是——

他一跃而起！

终于，他乖乖地乘着电梯回家了。

外面的雨还在下着，可是这有什么要紧？我的脚步轻悠地滑进雨中……

像棵树在雨中走动
在倾洒的灰色里匆匆走过
没有急事
只从雨中汲取生命
犹如果园里黑色的山雀
……

一个本想任其被尘封的故事

香港之行，与女人不期而遇。

女人 50 岁左右，扎个马尾，爱穿白色衣服：第一天见面穿着白色西服，第二天换成了白色衬衫。

女人看上去很温和，在饭桌上爱给人递菜盛饭，离开的时候她悄悄给人推开门，守在一边，静候着大家都离开，方才松开抵住的门。

因为相互拍照，一来二去我和她就熟了。

维多利亚海港，细雨蒙蒙。我们一行站在岸边，看海浪起伏翻滚，它们似乎到处搜寻着想要抚平海水每一处的褶皱，刚抚平这里那里又故态复萌，于是再去耐心抚平，最终海水依然故我。

因为下雨，高楼和远山都附带上一片模糊，像永远对不了焦的镜头。此刻，我们中的每一个人无论来自哪里，似乎都只有一件事：看海。

模糊的海面，模糊的远山，模糊的高楼。可是并不妨碍维多利亚海港的美。

“等那条船来的时候，我给你照一张美照！”女人们因为热衷拍照，难免会自来熟。

“好啊，好啊！”我的眼顺着她的手，看向一条大船。

船慢慢地靠近我们的垂直位置，女人示意我拍照了。很舒服的位置，很舒服的四下，很舒服的表情。

“哇，你的笑容太治愈了！”

“是吗？”我们一起看照片，看里面一个笑意盈盈的我，感觉心的空间像一片海被拓开。

于是坐船到海港对面，在船上，我只静静地坐着，不拍照，也不招呼谁，倚着船窗，只是盯着那一片在细雨淅沥中的海面，感觉自己像船身一样在海里晃荡来晃荡去，倒也悠哉。

芊拿着她的手机，不时地拍摄着，脸上是很沉醉的笑。我好久没有看见她这样的笑容。

这一路，我们将珍藏起每个属于我们的动人的瞬间：

星光大道，芊拽着我的袖子，在张光荣的头像下停驻，那里放着几枝新鲜的花朵；

浅水湾，芊肆意地玩起沙子，一阵海浪来，芊就快速地站起来逃离，调皮的海浪每每把她逗得咯咯笑半天。

海洋公园，海豚一跃而起，离开水面数丈又潜入水中，引得我跟芊一阵大呼；相比而言懒懒的海狮就安静多了，但是那萌萌的样子，还是让我们停留了很久。

……

行走的时候，以为就我们两个，没想到总有有缘的人不期而遇。

其实真正走近女人是在那个偶然的晚上，我们入住珠海，去吃自由餐。

经历香港的几顿食之无味的饭食，我和女人决定出去打牙祭。

到了约定的时间，她多带了一个朋友，听口音是东北的，人很率直（吵着不肯让我请客，一定AA制），也是我们旅行团的。

我们相互吐槽了一番香港的住宿和三餐。

“啊呀，半夜一个翻身，差点没掉地上来。床也太小了。”女人大笑，东北大姐也大笑。

“啊呀，吃得也太寒酸了。”我们边吃着珠海新鲜的鲈鱼边嫌弃着这两天的吃住，每一张笑脸都掩映在美食的雾气中。

“来来来，以茶代酒，每一次旅行就是散心，每一次出来都会有这么美好的遇见。”我们都举杯相贺。

“看得出来，我生过一场大病吗？”女人突然说，我们的筷子都顿了顿。在路上，我是听她说过一嘴，医生体检的时候，惊愕地问她：“你这是被谁气得啊，都尿血了。”

我以为只是小病，也没好细问。

现听她说，我们都抬眼望她这边。

“我得了很严重的病，癌症，淋巴癌。跟我同期查出来的病友，一个都不在人世了。”女人说得波澜不惊，我们心里却不由得起了波澜。

“我离婚了，上个月才离的。”女人继续说。

见我们惊愕，女人不紧不慢地说：“告诉你们这些，是想让你们心意平定，这世界上还有比我倒霉的人吗？”

“我生病了，男人对我不闻不问，我要动手术了，孩子买了榴莲酥给我被男人骂了半天，说是不知道心疼钱。生病期间，男人动不动就失踪。心伤透了，不想再继续了……只是苦了孩子啊，离婚的事情孩子知道以后，硬是忍着，回学校的时候，我看到监控里，孩子的眼睛都是红的……给我心疼的哦！”女人抹了一把眼泪。

不知何时，我也红了眼眶。

……

从香港回来好多天了，女人的故事差一点就要被尘封了。

我总是以忙碌为托词，心里却总有一个声音：虔诚地记录一笔吧。

只记录，不评论。对于这个故事，所有的评论都会显得假惺惺的，况我也不是什么深刻的人，留不下高格调的诸如“人间疾苦，生民多艰”之类的感叹。

我甚至不确定，我的笨拙的笔，有没有把一个好故事写好。

唯有祝福吧，我的文字里确定有无尽的祝福：

祝福所有痛苦过的和正在痛的旅人，都能有一方安定的家园。

人在旅途

从来不怨命运之错
不怕旅途多坎坷
向着那梦中的地方去
错了我也不悔过

——《人在旅途》

南京南站，我漂浮得像一片叶子；人群川流不息，拖着行李箱，裹挟在其中的，就有我。

没有急促的奔走，悠悠荡荡，一切都似乎慢下来在等我；就是这样，你慢世界就慢，你急世界比你还急。

“从这里下电梯，5点15分有车！快点快点！”出租车司机把我送到站还不忘在我身后催促，他似乎比我还着急。

我不想跑，早就早点，迟就迟点。无所谓。

我甚至也不去关注身旁行人匆匆的身影和他们脸上的赶路的焦灼和疲惫。

只管身形款款，步向那个窗口。

“你好，到扬州。”我出示了身份证。

“6 点 45 的票。”我看了一下时间，现在是下午 4 点多。

要等将近两个小时。

没有丝毫的焦躁，我找了角落的一个座位，从包里掏出一本书。一书在手，我从来不怕等待。

座位旁边有两个男人聊得正火热，声音很大，但是很快他们的声音就被隐去了，书里的世界屏蔽了我周围一切的嘈杂。

大半本书看完，时间差不多了。我起身等在候车口，很快车来了。

放行李箱时，我熟练地从行李箱里掏出另一本书。

上车。

车内，稍稍有点昏暗。

在 6 号座位坐下，我读了几行字，有点吃力。

我看到最前排那儿的灯特别亮。不作任何的迟疑，我往前面走去，左边的一排座位有点脏，没人坐，右边的座位上外侧坐了一位穿红色短袖的年轻女孩，里面空着一个座位。

车厢里的人坐得都很松散。人们本能地保持着距离。

我心内有迟疑，但还是忍不住开口了：“我可以坐在你的旁边吗？我想看会儿书，后面太暗了。”

女孩看了我一眼，或者更准确地说看了看我手里的书，她竟然非常爽快地同意了：“当然可以！”

于是在车开起来前，我舒舒服服地畅快淋漓地钻进了书里。

终于，灯还是黑了。

原来，车启动了，灯也随之关了。

本来可以打开手机上的手电继续看，但手机也没电了。

“呀，手机没电了，看不成了，怎么办？”我轻轻地自言自语了一句。

旁边女孩的声音传来：“我有充电宝，不知道合不合适你用？”

我一看，正好合适，连声道谢。

于是我边充电，边打开手机手电，看了一会儿书。

司机师父柔声提醒，我的手电有反光。我忙不迭地关了手电。

看不了书，我就坐着看前窗外的昏暗的天空和流云，看两边的大楼和车龙，看不停倒退的树……思绪也在不停地蔓延伸展，只觉得相较于书本有另一种滋味。

只觉得自己的身形变长了，可以跟天空跟流云跟大楼跟两边的树随心地交流与连接，当然我还可以缩回来，什么都不去交流不去连接，待在自己的心绪中，发呆……

快到站了，电也充得差不多了，我归还了充电宝，再次道谢。

下车，回家。

不打的，不乘公交，只步行。

微风拂面，空气清润。

不觉感慨：都只道，人在旅途舟车劳顿，而我每次出行，都有意想不到的收获。

我喜欢，在路上。

一次说走就走的旅行

“罗浮山下四时春，卢橘杨梅次第新。日啖荔枝三百颗，不辞长作岭南人。”

从没有想过儿时背过的一首诗，会在某个时辰一点一点复活，以致每一个字都有了生命感。

“水光潋滟晴方好，山色空蒙雨亦奇。欲把西湖比西子，淡妆浓抹总相宜。”

从没有想过西湖之外还有西湖，有西湖的地方竟都有动人的爱情故事。

这真是一场说走就走的旅行。从前说要到哪里去旅行，要思量再三，踌躇再三，最后到底没影。

惠州之行，我想过无数次。等到去的时候，想也没想，甚至事前也没有做任何计划。事后想想还真是有趣。

离着还有一段距离，云雾缭绕之中，罗浮山黑亮的庞大的身躯就已经在眼前若隐若现。“哇，那就是罗浮山！”我们一行向她奔驰而去。

刚在山脚，就有飘飘欲仙之感。芊成了我们的“御用”摄影师。这一张她说是故意调暗的，要做一点处理。

行走在山中，随处停下，随处歇息，丝毫没有赶路的感觉。那在大树的半腰生出的类似金钱草叶的植物竟然长出一个长耳坠的形状，如果可以，我想把它挂上我的耳，任它随着我的身体荡悠；那对面山头的人影，刚才还很清晰，突然就成了剪影，似乎是《红楼梦》里的人物聚合；那高台上还设有望远镜，芊兴高采烈看着远处山脚的村落，说是能看到人头攒动；哇，一片大的云块向我们扑面而来，调皮的精灵一般，爽性我张开双臂："来吧，来一个大大的拥抱！"两侧递过两道眼光，我先自笑了。

……

在罗浮山，我的每一个骨节都轻快，每一个细胞都放松。

从前登山都是慌里慌张，匆匆赶路，但在罗浮山我们彻底放慢了脚步。

此山可登顶，亦可不登，因为罗浮山我们一定还会再来的。

"有什么歇不得处！"回望，这是罗浮山给我们的笃定。

惠州还有个西湖？我深怪自己粗鄙，竟然完全不知。后来知道，西湖本为丰湖，形成于东汉后、东晋前时期。因为苏轼被贬于此地，感于此地景美，一次酒醉竟把此地称为"西湖"，而王朝云更是浙江杭州女子，在西湖边长大。浓郁怀乡几多愁。

惠州西湖边有很多大树，这些树是有了年头的。很多树都有向水而生的特点，不向高处伸展，只望沿水的方向，倾倚着身子，似乎在张望，抑或在寻找。

来到惠州西湖岛上的最高处——孤山，我正品味着孤山的"孤"

字，朋友问，现在有两个选择，是去东坡园还是朝云墓。因为我们有两拨人，前一拨人已经离开，等着我们吃午饭，其时早已过了饭点。我几乎下意识地说：

“朝云墓。”

站在朝云墓前，我躬身揖拜。我突然想到前几年在南京参加的一次省级培训，一位女教授讲到东坡，忘情地说：“如果可以穿越，我愿意穿越到苏东坡的时代，为他提鞋做粗使丫鬟也乐意啊。”

真的，历代的女人们似乎都有点羡慕东坡身边的女人，错，不是“有点”，是“很”，是“相当”。

像我师父，叫嚷着要向东坡告白，更有望军在期待我们代为表白。

而我呢，也许更愿意站在不远不近的地方，默默祝福，默默守卫——只要你好，就是最好。

说白了，还是觉得自身粗鄙。

我当然也知道，苏轼这样的人从来对人没有偏见，他的目光就是一团温煦的火，他的笔下从来都有不拘小节的洒脱，他对人生的通达，已经超越了个体生命的纬度……

而朝云是一介歌妓。

而朝云，明知这是一个瘴疠之地，也毅然前往，哪怕最后命丧此地。

只因为是你，天涯海角与君同行。

这样想着，竟多了若许对朝云的敬佩。

六如亭前，停留，终匆匆而去。

一切如梦幻泡影，如露亦如电。

午饭之后，竟还有意外的惊喜。友人说东坡当年的居所就在这附近不远，可步行前往。于是我们又到了一处临水的小山，拾级而上，深感此地已非旧貌。如若当初能奢华至此，恐这贬谪就真的变成旅游度假了。

前人的难，从来都被时间或者后人隐匿，然这也是世人的一番好意吧，东坡大概也只会淡然一笑，喝着林婆酒肆的酒真就羽化登仙了。

只有罗浮山大体还是真实的，我突然就又羡慕起她来：

只有她看过一千年才出一个的绝代才子！

汽车在回家的路上奔驰，群里师父在吐槽："真的想不通，春霞竟然穿着裙子去登山。"

师父不知道，此行，只有裙子是刻意的：

为了来看你，着一身青绿，一身云霞！

第六辑　诗歌，人生底色

柳宗元，快乐于他像俶而远逝的鱼

读《小石潭记》必须有特别安静的心。静静地，像时间静止一般，把自己放到那个时空里。

“小丘”“小潭”“小生”……

我始终觉得一个人的眼里看得见“小”，才真正懂得敬畏生命；只有从神坛下来，眼里也才能瞧见“小”。对着《小石潭记》，我一坐半天。我试图将我的眼跟另一双眼重合，尽管我知道这个可能性不大，但是我还是想去做。

因为一个人的文字而喜欢一个人，我就是这样的。

我喜欢柳宗元文字的干脆、爽利不拖沓，精准简练，形神兼具。“伐竹取道，下见小潭，水尤清冽”“青树翠蔓，蒙络摇缀，参差披拂”“日光下澈，影布石上。佁然不动，俶尔远逝，往来翕忽”“竹树环合，寂寥无人，凄神寒骨，悄怆幽邃”。你看一连串的四字结构，像溪流一样汩汩而出。水清、树绿、鱼游、景凄全在笔端；有动有静，有视觉有听觉还有心理，皆在眼前。

我感佩柳宗元文笔的飘逸，自由不拘泥。你瞧文章第一句“从小丘西行百二十步，隔篁竹，闻水声，如鸣珮环，心乐之”。具体时间没有，哪个地方的小丘，叫什么名字的小丘，哪些人去的，都没有。我们现在都讲要有读者意识，好像作者并不想让读者知道这些，或者说这根本不是重点。这就像一个突入的镜头：你跟随着作者立在一个小山丘上，准备眺望风景，不想听到西边百二十步的地方传来潺潺的像环佩敲击般的流水声，却看不到水流，仔细辨认才发现它躲在四围的小竹林里。“如鸣佩环”很精准，我曾经在洗脸盆里做过一个呆事，就是把水捧起来再放下，水与水碰撞的声音真的就像环佩的玉敲击的声音，脆脆的，很好听！后来旅游时我常竖起耳朵听水声。有了这个发现，你的心里是否也跟着作者惊喜，想去一瞧究竟呢？

你似乎看着作者围绕着这竹林一圈没有找到去往水边的路。于是接下来你又看到“伐竹取道”这样的生动好玩的句子，你不禁想这游者是什么人，旅游还带着大砍刀啊？这似乎又像是有预谋的行动，不像突发的。好多情节都需要你脑补，为了能发现水声来源，作者还真“拼”哦，不是无聊，就是真“驴友”。这就是柳宗元独特的地方。但是他的心理变化是很清晰地呈现的，先“乐”后“忧”，先欣然而至，后又匆忙离去，又让我们思考这究竟为什么。

我欣赏柳宗元观察的敏锐，极高的审美。“青树翠蔓，蒙络摇缀，参差披拂”，藤与树相互纠缠，蒙着盖着摇曳着连缀着已然成了一个整体，高高低低的藤蔓与树枝随风飘动。我们能感受到眼前一片碧绿，感受到藤缠着树往上攀附的情态，还能感受到风过叶子震动的模样。最妙的是作者写鱼时的情景："潭中鱼可百许头，皆若空游无所依，日光下澈，影布石上。佁然不动，俶尔远逝，往来翕忽，似与游者相乐。"鱼有多少看得清清楚楚，一则潭小，二则水清，鱼"皆若空游无所依"，水清得就像不存在一样，比吴均的那句"游鱼细石，直视无碍"还要立体。就像齐白石画大虾从来不见画水，艺术总是相通的。这鱼不动时，影子洒在石头上，"俶尔远逝"，刹那间似猛地惊醒似的，向着远处消逝不见。这样来来去去，像是跟游人在逗趣。这里的鱼似也极具灵性。若非有超强的洞察力，谁能几笔画出鱼的神韵？若非有极强的审美能力，这一动一静，甚至日光，甚至影子都能成为图画的布景？

紧跟着鱼儿"俶尔远逝"的还有作者的快乐。

我惊讶柳宗元递变的情感。刚刚明明还是"乐"的，只是因为把眼睛一挪移，看到了流向潭水的溪流"斗折蛇行，明灭可见。其岸势犬牙差互，不可知其源"，一下子又回到了现实中。一想到水流的一路蜿蜒曲折，不知从哪个高处下来，一想到两岸的像犬牙一样交错的岸势，不知多少次撞击着水流，作者心中的那个敏感的痛点立刻就开始发作了。"明灭可见""不可知其源"说的是溪流，但更像是心中压抑的愁绪。

有了心境的转变，再回来看景，这"青树翠蔓"不再摇曳也不再拂动，而是"四面竹树环合"，细品像不像四堵墙呢？这里像不像牢房？“寂寥无人，凄神寒骨，悄怆幽邃”，孤独、凄怆、透心的一个凉。我总觉得全篇唯有这句才是作者想要表达的，人世间最悲凉的事莫过于自己的心事无人可说，想说又不知道怎么说。心事隔着万重山，想要说出又怕吓着谁，又怕被人拿着把柄。所以说了一点，又回头解释一下：“以其境过清，不可久居。”因为这里的环境太过清静了，所以不能长时间停留，一停留就会觉得凄凉得很，伤悲得很。不解释倒好，一解释倒更清晰了。为什么呢？周边安静了，自己的心跳都能听见。作者此时其实最不想面对的就是自己受伤的心，才转移了一会儿，现在又回来了。是什么让柳宗元慌张？是他心底理不顺的伤痛和孤独。

文章的最后，虽是一般游记的固定格式，但是还是产生了强烈的震撼效果。作者并不是孤身一人去往小石潭的，在人群中的孤单是真孤单，大孤单，孤寂凄凉如此一定是受到了重创，于是你的目光开始追溯“永贞革新”以及柳宗元的孑然身世。

是什么让他匆匆离去还不忘记下这一笔的？是因为在小石潭里他照见了自己的影子。

柳宗元和小石潭有哪些共性？

无人问津，偏于一隅。柳宗元是被贬官，旁人趋利避祸从来有之；小石潭偏僻难寻，也很少被人寻。小石潭应该也没有名字吧，是作者看见它石多给起的吧？作者在小石潭身上也读出了自己的卑微吧？

内心清澈，思想灵动。“潭水清冽”，柳宗元的内心纯澈也是苍天可见的。潭中的鱼儿灵动，潭四周生机勃发，柳宗元何尝不是腹有诗书，胸有抱负？

困于樊笼，遭遇坎坷。小石潭四面被竹树环合，牢牢圈住。柳宗元一心为国，结果被贬在外，在永州还是一个闲职，妻死女死母死，住所多次失火……一连串的打击，一次次地摧毁着他，令他无法突围。

……

现在，我们常常拿柳宗元和刘禹锡对比，说刘禹锡比柳宗元豁达。

可是，我们有什么资格去比较？

你有柳宗元的足以傲世的才学抱负吗？

没有吧！

你有柳宗元的高贵的家族身世吗？

没有吧！

你有柳宗元从最高处跌往最低处的经历吗？

没有吧！

你有柳宗元深陷困境还始终想着朋友想着乡民的胸襟吗？

没有吧！

……

那还有什么好说的？不要忙着批判，但是拿来反省自身是可以的。

于我最不能忘记的是他的那首倾尽心力喊出的诗句，真是一吟双泪流：

海畔尖山似剑芒，秋来处处割愁肠。

若为化作身千亿，散上峰头望故乡。

“若为化作身千亿，散向峰头望故乡”，是有怎样的思乡不得归的愁绪，才使得诗人想要把自己化成千亿个自己，站上峰顶望向家乡的方向啊？

当真如余秋雨所说：杰出的文化创造者大多身处卑污的环境，受尽诽谤和磨难。这似乎是冥冥中的故意安排，就像绘画中的玄黑色背景，让光亮更加光亮。

可是快乐于他那样俶而远逝。

我不忍。

刘禹锡，看透沉浮“刘郎”失意不忘形

之前我写过柳宗元，这刘禹锡跟柳宗元是死党，人称他们“半世飘零客，一生好‘哥们’”。

话说这刘禹锡和柳宗元人生的境遇大体相似，都出身官宦之家，都年轻有为，都参与了“永贞革新”，都为此付出了惨痛的代价，相同的境遇、相同的志趣让这两位年龄相仿的人成了一生的朋友。但是这两位朋友还是有不同的地方：前者达观豪放，后者抑郁内敛，因此刘禹锡的生命更具韧性，他把苦难踩在脚下活到了古稀之年，而柳宗元终因心性太强，英年早逝，46 岁客死他乡。

柳宗元把不幸和挫折完全担荷、负担在他自己的身上，所以他觉得很沉重，他也曾经尝试要去获得解脱，去游山玩水，可是他并不能够真的从内心得到一种快乐，他是暂时努力去排遣，所以他最终是不能解脱的。

而刘禹锡“有一种通古今的对于盛衰得失的达观的看法”，使他能“失意不忘形”；这个世界有意思的人不多，这个“刘郎”很有意思。

秋词

唐·刘禹锡

自古逢秋悲寂寥，我言秋日胜春朝。

晴空一鹤排云上，便引诗情到碧霄。

这首诗是作者在“永贞革新”失败，第一次被贬郎州(今湖南常德)时写的，他虽被贬谪，但不悲观消沉。“秋”自古以来就是肃杀衰败“寂寥”的季节，而“我”反说秋天比春天更好。“一鹤凌空”表达诗人志向，“鹤”实际上是诗人理想的化身。“一鹤”排云而上，无可阻挡，诗人所有的诗情都跟着到那蓝天白云之上。此等豪气，让等着看他笑话的人都傻了眼。

不仅不给别人看笑话，他还“笑话”别人。

玄都观桃花

唐·刘禹锡

紫陌红尘拂面来，

无人不道看花回。

玄都观里桃千树，

尽是刘郎去后栽。

这首诗写于元和十年(815年)，此时距离永贞元年(805年)，刘禹锡被贬为朗州司马已经过去了十年。按说十年炼狱般的生活早已让一个人放下所有的尊严，懂得“学乖”了，但是刘禹锡似乎“死性”不改，他刚回京就开始嘲讽那些当朝权贵。

首句“紫陌红尘”写京城的道路车马急驰，尘土飞扬，第二句道出原因：这些人刚观看完桃花回来。这实际上是对趋炎附势的“看花人”的讽刺，更厉害的是第三、四两句“玄都观里桃千树，尽是刘郎去后栽”。这玄都观里的桃花，都是“我”“刘郎”走了以后才栽上的。这里其实还有个典故，“中国有个神话传说，说是一个叫刘晨的人和他的朋友阮肇曾经到天台山看到有桃花流水还有仙女”。所以这里“刘郎”可以跟“桃花”相连也不奇怪了。

刚刚被召回京城，一举一动、一言一行都应小心才行。可是这个“刘郎”还不安生，当权者可看不得这样的张狂，于是同年刘禹锡又被贬往连州。他自己怎么样都是无所谓的，但是一同被贬的还有柳宗元等人，这或许是刘禹锡没有料到的，但是他们几个早已是“一条船上的人”，“一荣俱荣，一损俱损”。可是刘禹锡天性就是见不得趋炎附势之人，也决不会让人看到自己衰颓的样子，甚至他的字典里就没有“衰颓”二字，因为他早已把个体放到大的宇宙里看待了。

乌衣巷

唐·刘禹锡

朱雀桥边野草花，乌衣巷口夕阳斜。

旧时王谢堂前燕，飞入寻常百姓家。

《乌衣巷》曾博得白居易“掉头苦吟，叹赏良久”，是刘禹锡最得意的怀古名篇。首句“朱雀桥边野草花”，朱雀桥在南京秦淮河上，是由市中心通往乌衣巷的必经之路。东晋时，乌衣巷是高门士族的聚居区，开国元勋王导和指挥淝水之战的谢安都住在这里。可是如今已衰败，野花野草都长出来了。第二句“乌衣巷口夕阳斜”，表现出乌衣巷不仅映衬着败落凄凉的古桥，而且还呈现在斜阳的残照之中。作者用一抹斜晖，使乌衣巷完全笼罩在寂寥、惨淡的氛围之中。不知为何，读到此句我就联想到《红楼梦》里的《好了歌》二句：“古今将相在何方，荒冢一堆草没了。”接下来两句他出人意料地转向了乌衣巷上空正在归巢的飞燕，如今都飞进普通的百姓人家了。让人感怀，在时间面前暂时的得失成败又算得了什么？“是非成败转头空，青山依旧在，几度夕阳红。”如此还有什么可悲叹的？

算来刘禹锡前后被贬的时间加起来一共23年，这23年他又是怎样的心态？

酬乐天扬州初逢席上见赠

唐·刘禹锡

巴山楚水凄凉地，二十三年弃置身。
怀旧空吟闻笛赋，到乡翻似烂柯人。
沉舟侧畔千帆过，病树前头万木春。
今日听君歌一曲，暂凭杯酒长精神。

唐敬宗宝历二年 (826) 冬，刘禹锡时年 55 岁，在扬州与白居易第一次见面，白居易写了一首《醉赠刘二十八使君》相赠：“为我引杯添酒饮，与君把箸击盘歌。诗称国手徒为尔，命压人头不奈何。举眼风光长寂寞，满朝官职独蹉跎。亦知合被才名折，二十三年折太多。”在诗中，白居易对刘禹锡被贬谪的遭遇，表示了同情和不平。出于礼尚往来，刘禹锡回赠了这首《酬乐天扬州初逢席上见赠》。

首联“巴山楚水凄凉地，二十三年弃置身”，“凄凉”“弃置”写出自己 23 年贬谪生涯的艰难处境，没有太多的赘述。颔联“怀旧空吟闻笛赋，到乡翻似烂柯人”用了“王质烂柯”的典故，既暗示了自己被贬谪时间的长久，又表现了世态的变迁，以及回归之后生疏而怅惘的心情，一语难尽。“沉舟侧畔千帆过，病树前头万木春。”刘禹锡以“沉舟”“病树”比喻自己，“沉舟侧畔，有千帆竞发；病树前头，正万木皆春”，对一己沉浮没有悲叹，对新事物的发生充满希望。尾联便顺势而下：“今日听君歌一曲，暂凭杯酒长精神。”诗人没有消沉，他笔锋一转，又相互劝慰、相互鼓励了。这就是刘禹锡，从来都不绝望，从来笑对苦难。

在苦难中行进的他，似乎天生自带幽默细胞。

再游玄都观

唐·刘禹锡

百亩庭中半是苔，桃花净尽菜花开。

种桃道士归何处？前度刘郎今又来。

此诗作于唐文宗大和二年（828 年），可以算是《元和十年自朗州至京戏赠看花诸君子》的续篇。13 年前，刘禹锡因赋玄都观诗开罪于权相武元衡，被远谪岭南。13 年后，他再次回到长安。这时，武元衡已死。刘禹锡重提旧事，浮生一梦，淡然笑之。

还是将事件放到世事变迁中去讲，“百亩”之大的道观庭院已经一半长满了青苔，人迹罕至，跟前诗“紫陌红尘拂面来”的繁华景象形成对比。从前满观桃花如今荡然无存，代替它的，乃是不足以供观览的菜花，前后对比衰靡之景毕现。种桃道士如今在哪里呢？这里的“种桃道士”指当时打击革新运动的当权者。这些人，经过 20 多年，有的死了，有的失势了，正如“桃花净尽菜花开”一样。“我”“刘郎”这个曾经被你们排挤的人却又回来了，嘿嘿，果然谁最能“熬”，谁才是最终的赢家。

这个“刘郎”就是这么率性天真！

综观刘禹锡，写得漂亮的诗还真不少。王国维说：“词以境界为最上，有境界则自成高格，自有名句。”想来诗也是如此，刘禹锡的诗确有境界！

难怪李白为“诗仙”，杜甫为“诗圣”，刘禹锡被称为“诗豪”！

“豪”有很多意思，其中一个就是：“气魄大，直爽痛快，没有拘束。”我以为这个跟刘禹锡很配！在任何境遇下都能活出自我，多么难得！

他早已看透沉浮，“得意不忘形，失意不忘形”！

原来东坡之前还有这样的人。

白居易：一味真朴，情动深处

读白居易贯穿半生；年岁逐增，白诗魅力不减。

记忆回溯到刚上初中那会儿。我们班班长小花，一个最具才情的女孩，怀着满腹的愁思在黑板上写下一行诗句：“天长地久有时尽，此恨绵绵无绝期。”

教室里只有她，教室外只有我。

我乍一瞥见这样的句子，脚步被什么粘住了，眼睛湿润润的。后来我才知这是白居易的《长恨歌》，于是不自觉地去记诵上面的句子，果真“满口生香，回味无穷”。

这是我第一次感觉到白诗的力量，也算是在情窦初开的年龄。

读高中时，由于经济压力大，父母外出打工，回去时我只能待在叔父家，叔父虽好，终究比不得父母，其时我内心莫名惶惶，一读到“同是天涯沦落人，相逢何必曾相识”中“沦落人”三字，便情不能自禁泪湿衣衫。

《琵琶行》竟也莫名地敲打着我的心窗。

这也是我第一次感觉到诗歌其实是活的，也算是在初涉世事的年龄。

这是白居易——白乐天留给我的最初的人生烙印，像极了一张照片的底色。那种怅惘，和着那种说不出的熨帖的美，猝不及防，冷不丁地闯进我的生命，像雨中横斜过来的一枝颤巍巍的木槿花。

后来我读韦应物，读韩愈、柳宗元、刘禹锡、李商隐……发觉美好的诗句后面都有或流离辗转的命运，或痛彻心扉的呼唤，或含悲忍痛的心绪，或求之不得的悲鸣，越发明了：没有人的生命是一帆风顺的，每个生命都不易。

“文章合为时而著，歌诗合为事而作”，这是白乐天的主张。可是《长恨歌》花大笔墨去记录唐明皇与杨贵妃的爱情，所为者何？除非这里有白乐天自己的爱情，我这样想。

果不其然，白乐天有个青梅竹马的恋人叫湘灵，11 岁相遇，一辈子相思。因为门第不符，湘灵始终不能为白母接受，尽管白居易用 37 岁未婚来抗议，但白母以死相逼，白居易不得已最终娶了杨氏女，从此把湘灵藏进了内心深处。44 岁的白居易被贬江州遇到 40 岁未婚的湘灵，两人抱头痛哭，然也不能改变什么。

有些人错过就是一生。白居易 53 岁时，湘灵不知所踪，白居易永失所爱，抱憾终生。

“在天愿作比翼鸟，在地愿为连理枝。天长地久有时尽，此恨绵绵无绝期。”如此，再读这样的句子，心弦被拨动之余，不禁慨叹：人世坎坷，造化弄人哪。

赋得古原草送别

唐·白居易

离离原上草，一岁一枯荣。

野火烧不尽，春风吹又生。

远芳侵古道，晴翠接荒城。

又送王孙去，萋萋满别情。

我大约到了初中快要上完了方才知道，小时候背得溜熟的《草》竟然还有后面的四句。而后四句加上后，顿觉厚重完整，又甚喜“又送王孙去，萋萋满别情”二句，用茂盛的离离之草来形容离别之情，真是既贴切又给人无限想象，后人李煜在此基础上又有名句“离恨恰如春草，更行更远还生”。随着年岁逐增，我才发觉这首诗中其实有着强烈的双方对峙力量：生存与毁灭，活力与荒芜。它们交相辉映着，诠释着生命的两种状态，摇曳生姿。16 岁的白居易考场作文如此深邃，令人叹服。

大林寺桃花

唐·白居易

人间四月芳菲尽，山寺桃花始盛开。

长恨春归无觅处，不知转入此中来。

这首诗有趣得很，现代人从地理学的角度解释：海拔越高气温越低；从育儿的角度宽慰家长：不必急，该开的花始终要开的。而写作这首诗的时候，诗人时年46岁，因为得罪了权贵，被贬为江州司马，内心痛苦焦灼。“人间”春色已尽，心中春天无踪。可是这山寺中的春色才刚刚显露，“恍然若别造一世界者”，春天似乎悄没声地躲藏到了这里，如今又入了诗人的眼、诗人的心，至此“长恨”乃消，且乐其中。果然天然率真，乐天一派！可是令作者“长恨”的仅仅是那匆匆归去的“春”吗？你我都懂的。

白居易有一双发现美的眼睛，善察万物于细微。

钱塘湖春行

唐·白居易

孤山寺北贾亭西，水面初平云脚低。
几处早莺争暖树，谁家新燕啄春泥。
乱花渐欲迷人眼，浅草才能没马蹄。
最爱湖东行不足，绿杨阴里白沙堤。

我们大多知道杭州有苏堤，却不知道杭州还有白堤；我们大多知道苏轼有“东坡”，却不知道先有“东坡”的是白居易。白居易和苏东坡两个伟大的灵魂在杭州这个地方隔时空相望，虽然白居易不会知道苏东坡，但是苏东坡一定是知道白居易的。

“几处早莺争暖树，谁家新燕啄春泥”，尽管只是写莺莺燕燕，似乎也没什么特别的地方，也没有杜甫的“留连戏蝶时时舞，自在娇莺恰恰啼”的画面色彩强烈，但是就是这“几处”别人察觉不到的“早莺争暖树”，“谁家”也不是家家都有的“新燕啄春泥”，都被诗人敏锐的眼捕捉，几笔勾勒出早春钱塘湖的景致，温暖中分明还带着寒气，寒气中却又分明大地回春，那种感觉一下子呈现在读者面前，令人如身临其境。

“乱花渐欲迷人眼，浅草才能没马蹄”，写出一个瞬间不算太高明，把一个过程像电影镜头般渐次呈现却非高手而不能为之。“乱花”逐渐地想要使人眼花缭乱，“浅草”刚刚把马蹄淹没，多么平常的景，谁不曾见过？可是能入心，再用笔端表达出来，还能传神，就稀奇了。这样的美景分明是从诗人心中生发出来的！

村夜

唐·白居易

霜草苍苍虫切切，
村南村北行人绝。
独出前门望野田，
月明荞麦花如雪。

像这样的乡村夜景，没有人来人往，只有孤寂一人，只有月光，只有虫鸣，门前也只田野中荞麦一片。说实话，我这般出生于乡间的人最了解乡间的夜的寂静。初中晚自习归来，我在门口多停留一会儿也只为了多看一眼那墨蓝的天空中的那一轮皎洁，除此乡间的夜并没有什么特别的，哪儿也去不了，也没什么去处，周围一片死寂，人们很早就被睡意笼罩。白居易这是怀着因母亲逝去而产生的孤独寂寞的心情在渭村夜景下写的此诗，内心的孤独彷徨与这样的夜色正好契合，虫声切切如泣如诉，呜呜咽咽。村中四下无人，也好也好，独自出门遥望田野，月光下荞麦花像雪一样白花花的。凄凄凉凉之中，却也生出不可言说的美来。

著名美学家别林斯基曾说过："无论在哪一种情况下，美都是从灵魂深处发出的，因为大自然景象不可能具有绝对的美，这美隐藏在创造或者观察它们的那个人的灵魂里。"

为什么白诗能轻易捕捉人的心，令人莫名共鸣？大抵这一味真朴，来自他的灵魂深处，情动于衷，美不自胜啊！

时隔多年，忽一日再读白居易，那一首《夜雨》依然令我脚步凝滞：

我有所念人，隔在远远乡。我有所感事，结在深深肠。
乡远去不得，无日不瞻望。肠深解不得，无夕不思量。

恍惚中，当年那个戴着蝴蝶花的青春懵懂的女孩迎面而来。

韦苏州，something beyond[①]

韦苏州，韦应物也。其实他不是苏州人，我如果没有记错的话，他是陕西的，因曾经做过苏州刺史，所以人称“韦苏州”。我喜欢他，倒不是因为我到了苏州，而是他的诗歌曾经在很大程度上慰藉了我。

我常常觉得，诗如其人。意境的高低决定了这首诗、这个人的层次；说到底，对于有些人来说，人生所活不过这份境界。

很奇怪的，有的诗人似乎没有他的诗出名；很奇怪的，有的诗人一读他的诗就上头，从此忘不掉。韦苏州就是其中的一个。

虽然翻开大唐诗史，韦应物不是最耀眼的一个，但是翻看他的经历，却不能不说他的确是个奇人。

我说他“奇”，一定有迹可循：

“浪子”回头变“贤官”。韦应物曾经是个小混混。他有过人生最繁华的经历，15岁时便是玄宗皇帝的近前侍卫，年纪轻轻就可以经常面见圣上，很多人哭着喊着也见不到啊。仗着作为玄宗近侍的势力，他不仅横行乡里，而且还在家里藏过死囚犯，那时的他简直就是“浑不懔”一个；可是一转眼，他摇身一变，变成了“关心民间疾苦”的社会顶流中的顶流。

---

① 此处意为“高远”。

“文盲”转身变才子。20岁之前韦应物“一字都不识，饮酒肆顽痴”。也就是说，在别人考上大学的年纪，他还是一个大字不识的“文盲”，二十几岁才立志勤学，可是一转眼，他不仅与王维、孟浩然、柳宗元并称为王孟韦柳，成为唐代写山水自然的杰出代表，而且他还一不小心不同程度地影响了李贺、元稹、白居易乃至苏东坡等鼎鼎大名的诗人们。

今天我们读韦应物，必须承认他写诗勤奋，同时确实有天赋。但是更令人钦敬的是：他完美地诠释了“只要想努力，啥时都不晚”的真理；他完美地诠释了“人要想改变，生命拥有一切可能”的真理。

促使他改变的转折点，就是安史之乱。如果没有安史之乱，那么估计他只能是个大字不识的无赖，没有自我觉知的“渣男”，安史之乱后他的整个人生轨迹都变了。

就像蒋勋说李煜：“有时候你会感觉到一种宿命，好像是注定要让一个文人亡一次国，然后他才会写出分量那么重的句子。就是如果不是遭遇这么大的一个事件，他的生命情调不会从早期的有点轻浮、有点淫乐转到那么深沉。”

同样的，如果不是安史之乱，韦应物没有从云端掉下来，我们也读不到他的恬淡高远的诗歌。

简卢陟

唐·韦应物

可怜白雪曲，未遇知音人。

栖惶戎旅下，蹉跎淮海滨。

涧树含朝雨，山鸟哢余春。

我有一瓢酒，可以慰风尘。

不得不说我是因为“我有一瓢酒，可以慰风尘”爱上这首诗的。我不爱酒，我爱的是这一种温暖的气味。不知为何每每读到“我有一瓢酒，可以慰风尘”时都心下一暖，一软，你会发现真的有一句话能一下子击中你，尤其当你在“栖惶”中，在“蹉跎”中。人与人之间最好的关系往往不是以血缘来维系的，有血缘还能在精神上这么懂你，理解你，实属难得之中的难得。

这个外甥卢陟应该很得韦应物的赏识，为他写的诗还有《寄卢陟》《西涧即事示卢陟》《与卢陟同游永定寺北池僧斋》。一首诗中句句透露出安慰，“可怜”“栖惶”句中我们看到一个舅舅眼中的外甥：“阳春白雪”一样高远的志趣，没有人能来赏识，窘迫、彷徨与凄楚。这让我联想到最近非常流行的一句话：“你眼中的我不是全部的我，但你眼中的我却是全部的你。”由此我认为，与其说韦应物在同情卢陟，不如说他在同情自己，这其实也是最好的共情：放心，不管你遇到什么，我都能理解，我都懂。不必感伤，你在我眼里一直都那么好，你只是暂时遇到困境罢了，累了，倦了，我这里有“一瓢酒”永远为你准备着，可以安慰你在“风尘”中漂泊不定的灵魂。

生命中有这么一位亲人，虽死无憾吧！

韦应物似乎对“一瓢酒”情有独钟，他在《寄全椒山中道士》中也写到了“一瓢酒”。

寄全椒山中道士

唐·韦应物

今朝郡斋冷，忽念山中客。
涧底束荆薪，归来煮白石。
欲持一瓢酒，远慰风雨夕。
落叶满空山，何处寻行迹。

大抵经历过人事磨折的韦应物，身上随时备好了“一瓢酒”给需要的人们。因为自己感受到冷，所以他会念及友人的“风雨夕”：在这刮风下雨的清冷的傍晚时分，我的朋友你在干什么呢？你是否正用山涧谷底的柴草生火，你是否只能煮吃清冷的饭食？我想要带上这“一瓢酒”，大老远地去全椒山中看望你、安慰你。可是落叶铺满空山，我去哪里寻找你的踪迹？有人直接把最后两句翻译成：“But in fallen leaves that have heaped the bare slopes, how should I ever find his footprints!”可是无论哪种情况诗人的怅惘和失落也一并在这“空”字中体现出来了，真正是“萧疏中见出空阔，平淡中见出深挚”。

山是空的，思念是满的，落叶一片，一大片，满是的。

寄李儋元锡

唐·韦应物

去年花里逢君别，今日花开又一年。
世事茫茫难自料，春愁黯黯独成眠。
身多疾病思田里，邑有流亡愧俸钱。
闻道欲来相问讯，西楼望月几回圆？

李儋、元锡，是韦应物的诗交好友。时光匆匆，人生无常，转眼与友人分别又过了一年。是啊，“世事茫茫难自料”，谁知道明天和意外哪一个先到？

今年的春天虽然依旧开满鲜花，但是无限的愁绪难以疏解，孤独更是压得“我”难以成眠。

“我”愁，愁的不是一己多病的病躯，“我”愁的是百姓的流离失所。“我”身为一方官员，领着这一份官俸却没能守护好自己的民众，惭愧啊，惭愧。这一份愧疚压得“我”更添了几分病情。

听说你们要来看“我”，“我”真的有点支撑不住了，什么时候来啊，什么时候？“我”站在西楼上不知道看月亮圆了多少回了。

是哪个诗人说，思念挂天，遂成月亮？

“我”的朋友，你知道这份思念的沉重吗？

滁州西涧

唐·韦应物

独怜幽草涧边生，上有黄鹂深树鸣。

春潮带雨晚来急，野渡无人舟自横。

我读这首诗时竟然读笑了，因为这个“横”字。

小时候，家里就一辆自行车，哥哥在外地上学，每次把这唯一的自行车骑走，害得我每次上学只能步行。时间久了，难免跟妈妈抱怨：“哥哥周末把自行车骑到学校里往那‘一横’平时又用不到，我可得每次哼哧哼哧跑到学校。”妈妈听我说完，竟夸我“横”字说得巧。从此我竟然拥有了一辆特属于我的自行车，在风中摇曳我的裙摆。

哦，好个“野渡无人舟自横”！人的生命里自带诗的基因。

下雨涨潮的春天，你私心里爱着这涧边的幽草，你耳朵里清晰地回荡着那从林深处黄鹂的鸣叫，没有匆忙，没有慌张，天色晚了，有什么要紧？且看那一叶小舟兀自随意地“横”着，它不为周边所动，它静在自己的世界里。

没有在岁月中摸爬滚打过，是绝不会有这种处变不惊的境界的。

还是应了那句话，生活没有好坏，凡是经历都是成全。

苏轼评：“乐天长短三千首，却爱韦郎五字诗。”

到底爱他什么呢？

叶嘉莹先生说：“他在眼前景物之外，有 something beyond。”

我理解为：高远。

读李白：在路上

《通天之路：李白传》读完了。

一种满足惬意的笑意漾起，在嘴角，在整个心的湖面。

这种惬意类似于那日运动会，和老师们一起进行“毛毛虫”赛跑，我们两队老师分别坐在两条“毛毛虫”身上，每只“毛毛虫”上有七八位老师，男女混搭。“毛毛虫”开始行进了，我多爱玩啊；身在其中，速度对我不成问题，我多轻快啊。但是随着“毛毛虫”的速度越来越快，我前面的男老师往后面倒，我也便跟着往后倒，越往后，重心越不稳，结果我们一队人全都从“毛毛虫”身上滚落下来，躺在操场的草地上，躺在众目睽睽下。“俞老师，我怎么看你摔倒的时候，还很惬意的样子！”事后在一旁观看的学生峰毅对我说。“嘿，你忘了我跟你们说过的，徐志摩的关于大人的无宗啦？我呢，趁机实现啦！”“哦！哦！”男孩“秒懂”了！

徐志摩在《翡冷翠山居闲话》里写道：“朋友们，我们多长一岁年纪往往只是加重我们头上的枷，加紧我们脚胫上的链，我们见小孩子在草里在沙堆里在浅水里打滚作乐，或是看见小猫追他自己的尾巴，何尝没有羡慕的时候……”

这种惬意类似于那日升旗仪式前，全校的师生排好队，等待着。腾渊的头一直仰着。“哎，腾渊，往哪儿看呢？”“老师，你不是刚才上课问过我们吗？有多久没有凝视一只蚂蚁，多久没有凝视天空的云？我现在正在凝视一朵云。”我顺着他的眼，也向天空看去，那一刻我们两双眼都在追逐那惬意的云。

《云与海》里有一句歌词特别好：“天边的云一望无际，俯瞰那双眺望的眼睛，时间还在远行，留下谁的脚印……”

惬意，此刻，是的，惬意。

《通天之路：李白传》是美国人哈金写的，很奇怪这本书现在怎么也买不到了，我是借的学生的，在课余夹缝中读完了，也因此深切懂得袁枚说的：“书非借不能读也。”

我读完了书，就去跑步。跑着步就想着李白，读完这本书，心里觉得李白踏踏实实落到了人间，或者说李白至此踏踏实实落到了我的心中。

这本书打破了我对李白的很多偏见：

李白是一个深爱妻子的人，他的婚姻虽看重名第，但都是基于爱情的。不过确实做他的妻子会很辛苦，他神龙见首不见尾。

李白不是一个浪漫到一点实际都不管不顾的人，他后期的诗中有很多是反映社会民生的。

李白是一个目的性很强的人，出仕报国，功成身退，为了这个目的，他从未放弃过。

李白贪酒，酒后失态失言，得罪权贵。他确实没有做到明哲保身，但有些人也该有人骂。

李白真人真性，对政局把握不清，对局势的认知甚至不如他的妻子，但他居然识人面相，救下了郭子仪。

李白跟扬州的渊源很深，《静夜思》居然写在扬州。

李白是一个爱朋友的人，不是交朋友快忘记得也快的人，不能因为不太写杜甫就这么说他，毕竟他和杜甫之间相差的年岁太多，你看他对孟浩然，他对王昌龄，他对元丹丘……

李白很有韧性，为入道门，需要经过一个常人无法忍受的仪式，李白却做到了。

李白是一个活得很自我的人，是一个需要活在广阔天地里的人，是一个随时准备出发的人。

对，随时准备出发。

李白的一生，是时刻“在路上”的状态。

看看这本书的目录：

“离家”“离蜀”“在京城”“离京”“在北方”“在南方”“移家东鲁”“再次入京”“再次出发”“在东北边境”“南迁”……

余秋雨说：“整整几百年，中国最聪明的人全都走在路上，中国文化全都出现在路上。”

李白终其一生，也没有完成自己内心深处最大的夙愿，他的人生失败了吗？

余秋雨也说：“一个吟者因冠冕而喑哑了歌声，才是真正值得惋叹的；一个诗人因功名而丢失了诗情，才是真正让人可惜的；一个天才因政务而陷入平庸，才是真正需要抱怨的。”

不过，哈金，一个外国人怎么能这么懂李白？回去后，我专门翻了一下哈金的简介：

“1956 年出生于辽宁省金州。”

古诗词里的夏天

夏天又悄没声地来到，树叶一天天地繁密，石榴花虽未红，枇杷果虽未黄，天气却渐次温热起来，尤其是室外。倭瓜藤爬满支架和屋顶，樱桃的果子在阳光里亮闪闪的。季节仿佛正与春天依依惜别。

立夏了。

“明月别枝惊鹊，清风半夜鸣蝉。”

“道狭草木长，夕露沾我衣。”

“七八个星天外，两三点雨山前。”

……

一个一个关于夏天的句子跳出来，“鸣蝉”“夕露”以及突来的“雨”的确都是夏天的标配，但是这些似乎还不够，于是我走进诗歌去寻找夏天。因为夏天本身太过繁盛，所以带着“中庸”特质的中国人不太喜欢写它，即使写了，被人接受、属于经典的却又少之又少。然那少之又少的经典却值得玩味。

小池

杨万里

泉眼无声惜细流，树阴照水爱晴柔。

小荷才露尖尖角，早有蜻蜓立上头。

如果不看作者，我们会以为这是一个女性的视角，一切都是宁静的，柔和的，小小的；作者又像一名高水准的摄影师，画面里的一切都是有生命的，泉眼会“惜”，树荫会“爱”，小荷“才露”，蜻蜓“早立”。几笔便画出初夏最美好的样子。

说到荷花，还有一篇不得不提，那就是周邦彦的《苏幕遮·燎沉香》。

苏幕遮·燎沉香

周邦彦

燎沉香，消溽暑。鸟雀呼晴，侵晓窥檐语。叶上初阳干宿雨，水面清圆，一一风荷举。

故乡遥，何日去？家住吴门，久作长安旅。五月渔郎相忆否？小楫轻舟，梦入芙蓉浦。

夏日清晨，燃一缕沉香，听檐前鸟语。晓日初生，晒干了叶上昨夜的雨痕，水面上风儿吹过，一片一片荷叶似被风儿托举。作者似乎停驻此刻，久久凝神于眼前之景，思绪却飘到了同样有荷塘的故乡，那打鱼的大哥，您还记得“我”吗？您划着一叶小舟在“我”的梦中去向“我”最熟悉的荷塘岸边。

因为作者安静，所以这样的夏日也给了我们一丝清幽。虽然有着“功名虽好，不如归去”的惆怅，倒也无妨夏日如此美好的形象。

当然夏天有它本身的特质，伴随着初夏的逝去，气温越来越高，并不是所有人都能在酷暑难当的夏日过着燎沉香、窥鸟语、闻花香的生活的，有一些人必须走到烈日当中，汗水肆流，于是唯美的画面转变了。

悯农

李绅

锄禾日当午，汗滴禾下土。
谁知盘中餐，粒粒皆辛苦。

烈日炎炎，农夫为了收成必须来到这毒日头下，夏天狰狞的一面呈现了，随之呈现的还有作者对劳苦民众的同情。

既然提到农民的辛酸，白居易的《观刈麦》也是一个代表。

观刈麦

白居易

田家少闲月，五月人倍忙。
夜来南风起，小麦覆陇黄。
妇姑荷箪食，童稚携壶浆，
相随饷田去，丁壮在南冈。
足蒸暑土气，背灼炎天光，
力尽不知热，但惜夏日长。
复有贫妇人，抱子在其旁，

右手秉遗穗，左臂悬敝筐。
听其相顾言，闻者为悲伤。
家田输税尽，拾此充饥肠。
今我何功德，曾不事农桑。
吏禄三百石，岁晏有余粮。
念此私自愧，尽日不能忘。

作者白居易当时是县尉，主管征税等事。按照一般官僚行事风格，烈日炎炎之下交不起税把粮食全部拖走不也是职责范围内之事吗？可他不是那样的，站在田头看农民一家辛苦劳作，跟“贫妇人”拉家常，一点官的样子都没有，甚至还对比自省，感到惭愧。诗人的一双眼睛不仅捕捉到了农人“足蒸暑土气，背灼炎天光”的外在辛苦，还捕捉到了“家田输税尽，拾此充饥肠”的内在辛苦，同时他敏锐体察到农民的矛盾心理“力尽不知热，但惜夏日长”，这种矛盾跟卖炭翁的“可怜身上衣正单，心忧炭贱愿天寒”异曲同工。试想诗人察看这一切的时候，他身在何处？也一样在这烈日严寒下才会感同身受吧！

正是因为有李绅（当时的他，后来他可是变了呢）和白居易的这样温情仁慈的眼睛，炎炎夏日才会也多了一份柔情。

可是夏天能入诗的题材除此到底有限。

孙绍振在《名作细读》中说：“以夏为题的诗作，与以春为题的诗作相比，不但在数量上，而且在艺术质量上，相去甚远，可以称为杰作的实在是凤毛麟角。”毕竟夏天是个壮观的季节，一切都来得热烈，“中庸”的中国人是不大喜欢的。

相对于裹得像粽子一样的冬天，我更喜欢轻盈的夏天，尤其是初夏。

不仅仅是因为夏天可以穿裙子，可以赏月色荷塘，可以听一池蛙鸣……

还因为初夏里有芊的生日。

《野望》：一颗寂寞心，四下皆茫然

午后，静坐，读王无功的《野望》：

野望

王绩

东皋薄暮望，徙倚欲何依。
树树皆秋色，山山唯落晖。
牧人驱犊返，猎马带禽归。
相顾无相识，长歌怀采薇。

我看到了一个徘徊不定、孤寂无依的身影。

全诗采用了蒙太奇的手法：

镜头切近，一个并不清晰的身影在日薄黄昏的东皋之上四下张望。张望什么？不知道。他徘徊着，犹疑着，想走近又不敢，想后退又不甘，身心将何处安顿，焦虑都写在脸上。

多想看清那张面孔啊，他究竟是怎样的模样？

画面飘远了。一树一树的身上皆着了秋天的萧瑟，一山一山的轮廓都笼了余晖的凄美。画面在这份萧瑟和凄美中朦胧了，并不凝固在某一个特定的点。

镜头拉近，安静的画面变得喧闹。吃饱的牛犊时而撒欢奔跑时而停驻不前，牧童扬着手中的长鞭驱赶咄斥；出猎的马儿也带着满身的猎物志得意满抑或趾高气扬，踏起一段尘土飞扬。暮色中，他们络绎不绝地从他身边走过，去往属于他们的家的方向……

在目光交集的那瞬，彼此都没有太多的停留。热闹的是他们，孤寂的永远是他。

陌生生硬地横亘在他和他们之间，没有任何表情的注视之后，他的周边就又恢复了平静，或者是一片死寂。

画面终于聚焦到他身上，满腔的愁绪无处排解，压抑的无奈时时袭来。空中传来一声长啸，隐忍而又悲壮。也罢，也学古人归隐吧。

只是，把心藏起来，在人群中归隐。

不再寻觅就是寻觅的结果。

……

从诗中回过神来，更加透彻：诗里所有的景无一虚置，皆是作者的心语。

第七辑　成长，路在延伸

科比，曼巴精神

真的只是很偶然的机会，我从书架上取下这本《曼巴精神：科比自传》。

这一次，我是陪芊来看书的，我只是想散心，把心散在随便的一处。

还是角落，一杯清茶。

“还记得，得到第一个真正的篮球时，我还是个孩子。”故事从这里开始了。“我喜欢它在手中的感觉，对它一见倾心。”有的喜欢真的就是与生俱来的，说不上理由。“我甚至舍不得拍它或用它，因为不愿破坏那些鹅卵石般的皮革颗粒，还有那些完美的凹槽。我不想毁了那种奇妙的感觉。”我闭上眼睛，一只手晃荡着玻璃杯里的水，有一种美妙的感觉在周身传递。

“我也喜欢它发出的声响，那种在硬木地板上反弹发出的‘砰、砰、砰’，清脆，清晰，易于预测。那是生命之声，光芒之声。”

我看见了一个孩子，阳光的笑，周围很安静，只有“砰、砰、砰”的声音一圈一圈扩散开去……我不知不觉沉浸到了另一个完全不同的世界中。

读书的妙处就是这样，它能让心安静，丰富，充盈。我常常觉得最好的浪费时间的地方一是操场，一是书店。

几天过去了，很奇怪的，我一安静下来，脑海里就有“砰、砰、砰”的声音，还有就是那张俊朗坚毅的黝黑的脸，至此我相信，“帅”不分国界——眼神中有沉静和刚毅的东西，脸上有温和的笑容，无媚态也无傲娇。于我而言，“帅”是岁月的沉淀，是不畏挑战和勇往直前的坚定和从容，是一种精神和信仰的集合。

“曼巴精神”，科比如此解释。

“‘曼巴精神’是一种思维模式，它不在乎寻求结果，而在于如何做才能取得结果，在于从现实到目标的这个过程。它是一段旅程、一种方法、一种生活方式。我真心认为，在所有努力之中，拥有这种心态最为重要。”

读这样的句子，散了的心一下子聚拢来。这不是我一直追求的状态吗？原来“曼巴精神”也不分国界。

我知道我们班有很多爱科比的球迷，如果要分享一点关于科比、关于“曼巴精神”的东西，我会分享什么？

努力做好，不要畏惧做不到。“如果自己想掌握什么新招数，就会把它弄懂，马上付诸实践。投丢、动作难看、出洋相，全都无所谓……我心里一直都明白比赛的最终结果才最重要。我始终专注于这一事实：为了掌握新技能，必须大胆尝试，一旦熟练应用，武器库就得以丰富。如果代价是大量工作和几次投丢，我没意见。”

知己知彼，不打无准备的仗。“我要把对手琢磨透，不管你是艾弗森、麦蒂还是卡特——或者，用现在的球员来类比，不管你是詹姆斯、威斯布鲁克还是库里——我的目标都是吃透你。为了做到这一点，为了能破解难题，我愿意比其他人做得更多。”

学习研究，于细节处精打磨。“在很小的年纪——非常小的年纪——我就开始研究能拿到手的各种比赛录像，如饥似渴，乐此不疲，说到底，有一些人喜欢看手表，另一些人却乐于研究手表的工作原理。”“随着时间的推移，我看比赛录像时最关心的部分悄然改变，不再关注看到的事物，转而观察本该出现却没出现的事物；不再关注发生了的事情，转而去思考本该发生却没能发生的事情。研究比赛录像最终变成对备选方案、临场变招和其他选项的想象。同时完备各种细节，深究为什么有些行为能奏效，另一些却是徒劳。”

谦虚请教，常怀一颗感恩心。“你会看到比尔·拉塞尔、卡里姆·阿卜杜-贾巴尔、‘魔术师’约翰逊、杰里·韦斯特、詹姆斯·沃西。他们对我不吝赐教，帮我在竞争中脱颖而出。这就是找到导师如此重要的原因，他们有如北极星，我随时都能抬头仰望，得到指引。”

除此，还有——

忍住疼痛，倾听身体发出的声音。科比的食指在比赛中骨折，跟腱在比赛中撕裂，这些都不能阻止他继续比赛，但他也不是蛮干，他能随时静下来倾听自己身体发出的最真实的声音，安排自己的作息。

压榨时间，最大限度利用好时间。科比不仅是一名球员，还是一位丈夫、一位父亲。为了平衡自己的篮球事业和家庭之间的天平，他最大化地“压榨”自己的时间，凌晨3点去球场锻炼，一早孩子们醒来他能准时出现在她们的身边。

安静冥想，接收空间每一处能量。科比每到比赛的时候，内心就特别安静，他会处于冥想状态，想象球场内的每一点能量穿透他的身体，然后从中获取力量。

……

由科比我认识到真正伟大的球手或者其他运动员们从来不是头脑简单四肢发达的。

由科比我认识到任何成功者的背后都有其精神信仰的支撑以及全力以赴的努力。

由科比我认识到只有专注于手上的这一点事业才能找到和这个世界最好的联结。

……

科比真的离开了吗？不，他才刚刚走近我们。

视　界

一架古筝在我的正前方，一架古筝在我的右侧。

是谁的手在琴弦上翻飞？

没等我准备好，潺潺的音符就把我裹拢了。

像刚站进一条船里，重心还没放稳，船就出发了，好几次差点碰到暗礁，偶尔绕着一个大石块打转，随即又飞速向前……

我占领了别人的领地——古筝工作室，芊在外间弹琴，我在最里间等待。

只得在琴声中起伏流浪，有一种被放逐的感觉。

竟然有种恣意的欢畅，身体渐渐飘在半空。

船行慢慢舒缓，心里的褶皱也慢慢铺展，“凡是你过不去的地方，一定是你自己的思维出了问题”。

谁的声音？

键盘上飞速地出现一排人名：

肖培东、余映潮、窦桂梅、黄厚江、董一菲、王开东、王崧舟、张丽钧、孙绍振、钱梦龙、赵谦翔、陈琴……

没错，这些都是我经由五年湿地年会依次认识的来自全国各地的名师。

肖培东老师，被王君老师称为“江南贵族男人”，一夸再夸。《走一步，再走一步》《一棵小桃树》《美丽的颜色》……肖氏课堂常常一石激起千层浪，迷倒了“语文湿地”的一众花草。肖师自带一丝淡淡的忧郁，再配上孩子体的表达，更是让人过目难忘。

余映潮老师近70，可课上完全看不出来老态。酷日炎炎，会场停电，余老丝毫不为所扰，一堂课不同级段一个人同课异构，让我等叹为观止。大家原来是这样炼成的！我远远看着，不愿意去拍照打扰，天真的太热了！

窦桂梅老师，大家亲切地叫她“玫瑰老师”，果然一上场就馨香一片。一课《大脚丫跳芭蕾》的绘本课竟然上出了哲思，把我们内心的“千愁万绪”都释放出来了。我更是有了勇气以“我也有一双大脚丫……”的声音叩开了王君老师的师门。

黄厚江老师是我们江苏的，俗称“黄老邪”。但是，在这之前我从来没有机会听过他的课。作为底层的老师，我们能出来的机会不多，一学期能出来一次已属庆幸。假期时间，行止自由，“语文湿地”终于圆了我的梦。黄老的《春江花月夜》上得扎实而深沉，可是这位“黄老邪”偏说自己上得不好，哈哈，真是“倔”得可爱。

董一菲老师的美是公认的，王君老师说她的美“端庄典雅”，别人学不来的。我们合着众人一起称她“神仙姐姐”，在会场跟“神仙姐姐”拥抱自然而然，仿佛认识好久。《阳关雪》让我看到这位温柔的“神仙姐姐”的另一面。

王开东老师是“黑马王子”，我们是在微信公众号里认识他的。为了和学生证明写作并不难，他竟然“日更一文”，为了这份坚持他简直在拼命，颈椎、腰椎都出现了问题，但是仍然坚持。他的讲座幽默风趣，全场笑翻，却又令人无限感动。

王崧舟老师简直是一位“诗人”，他设置的情境教学把我们瞬间带到“元丰六年十月十二日夜”，亲见了那晚“空明澄澈”的月亮。“如果你是一位商人，你会不会看到那晚的月亮？”“不会！我要算账，数钱！”“如果你是一位要赶考的举子，你会不会看到那晚的月亮？”“不会，因为我要认真读书！”“如果你是……你会不会看到那晚的月亮？”……于是所有人笑着笑着僵住了，竟然就此了悟了苏轼的那个“闲”字中的几分沧桑和豁达。

张丽钧老师是一位校长，更是一名作家。我不明白她是如何神奇地将这两种身份都诠释得如此恰当的。她喜欢被人称为“钧哥”，是位敢讲敢做的唐山女子……我看着她在台上的云淡风轻，感慨一个好的生命总是那么活力四射。

孙绍振老师，我们是通过他的文本解读系列书认识他的，亲见其人是第一次，特别风趣。他的文本解读力求做到精确还原，言者有据。碰巧王君老师让我送孙师母去宿舍，我就顺便表达了一下崇敬之意。孙师母这样说道：“他就喜欢这个，在家里一天到晚鼓捣这个。”我在想：大抵成人事业者必有几分“痴”劲。

钱梦龙老师是语文界的泰斗，也是一位传奇人物。年且90，还在做着“愚公”一般的事。他的“语文导读法”可以说影响了整个语文界。他用七句话概括了自己的一生，满满的都是“语文”带给他的幸福。夜晚，朗月星空，钱老由夫人姚丹华老师陪着，去操场散步，我默默地祝福着这一对背影……

赵谦翔老师也是一位70岁的老者了，他的《饮酒》上得深入浅出，又厚重大气。通过王君老师，我还跟他在一桌吃过饭，这位老人家吃饭的时候先吃了几粒药，我正纳闷间，他说：“我真正的药是课堂，是学生。哪天不让我上课了，就离大去之日不远啰！”哦，天！我看到的老师有的50岁左右就不想进课堂了。课上完了，晚上吃大食堂，赵谦翔老师身边围了一圈又一圈的人，大家共话语文，好不乐哉！

陈琴老师，第一次知道她是在望军老师那里，望军老师说她太神了。能让望军如此评价的一定不会差。这次我也亲见了。她对古诗的唱读法颇有研究。果然，会场上所有人都在她的指导下唱出一条声，李白的壮阔、李煜的愁、辛弃疾的苦闷、李清照的忧……一吟唱全都出来了。最不可思议的是，唱诵苏轼的《江城子·十年生死两茫茫》时，我的眼泪止不住地横流，东坡先生的痛一下子被我捕捉到了。呀，原来如此……

我之所以郑重地写下他们的名字，因为他们都是给我带来光的人。我深深崇敬他们中的每一位！

我知道有“语文湿地”在，这里的名单还在不断拉长，我们的视界还会被扩大。

“语文湿地”给老师们打开了一个向外的窗，师父王君老师又在不断地给我们介绍不同的名家课堂，比如丁卫军老师、熊芳芳老师、管建刚老师……让我们看到更多优秀的老师，这是最让我们感动的地方，“青春语文”从来不狭隘。不得不说，在进“语文湿地”之前，这些优秀的人对我来说只是名字代号，甚至很多人我不曾听闻。

是的，我很鄙陋。从前鄙陋，现在依旧。但是从前的鄙陋和现在的鄙陋几乎算是两码事。

从前我的眼光辐射的范围只在我的周围，尺寸之间的逼仄常常令我惶恐，明明知道这不是我要的生活，但是我要的生活不知道在哪里。

就像小时候在黑夜里行走，伸手不见五指。凭着感觉朝前走，摔倒了再爬起来，爬起来再摔倒。没有光，死寂一般。

现在看到群里有老师问："我该读什么书呢？"这也是当年我的困惑。一本书在手，什么样的日子都是好日子。可是该读什么书好呢？没有人给你任何指引。

我常常在想：人们都在嘲笑井底之蛙的鄙陋，可有谁最先看到了拦着蛙的深井？

不是所有人都有很好的平台，不是所有人都有资格参赛，不是所有人都有公派出去学习的机会……那在深井一般的偏僻地带的老师们，谁给他们带去光？

别忘了，这些人的身后都有一群孩子啊！

而对我来说，王君老师、尹东老师就是给我带来光的人。值得我一生铭记！

现在读什么书早已不是问题，除了名家课堂，其他如蒋勋、叶嘉莹、曹文轩、季羡林、林语堂、李泽厚、袁腾飞、余秋雨……他们的作品都成了我们的必读书。

我们有什么好书都会分享，有好玩的也会分享，当然我们更会定期教研。时间对我们来说，变得格外珍贵。做家务的时候，我们都在听书。

读书、听书、上课、教研，让我觉出了自己的渺小——总有那么多人比自己优秀得多。偶尔我也像东坡先生一样发出感慨："寄蜉蝣于天地，渺沧海之一粟。”

但是，我们要做最快乐的“一粟”！潜意识里又有一个声音。

原来“阳光思维”早已根植在内心深处：

喜微笑爱赞美

不指责勿抱怨

先自省勤换位

善帮助永乐观

一句话：我们可以成为赛道上的选手，也可以站在路边为别人喝彩！

琴房里安安静静的，什么时候我的船儿靠岸的，不得而知。

随手一翻身边的小书，正好翻到朱敦儒的一首《西江月·日日深杯酒满》：

日日深杯酒满，朝朝小圃花开。自歌自舞自开怀，无拘无束无碍。

青史几番春梦，黄泉多少奇才。不须计较与安排，领取而今现在。

妙哉！收拾收拾，回家！

南　渡

是的，我去了广东省东莞市清澜山学校。本来我想用“也学候鸟向南飞”为题的，但是想想我毕竟不是鸟，我飞不起来，我只是鱼，且是小鱼，只能在水里游，万水千山，只能“渡”。南渡，难渡，难度。可我还是启程了，似乎生命中必须要完成一次远征，前生就已命定。几乎所有我身边的人都认为我此行太远，太决绝。有人祝福，有人遗憾，有人说是蓄谋野心，有人说是洒脱恣肆。我都笑笑。其实事情很简单，就是行到一个岔路口，我不再按原路直着向前，拐到了另一条路上。

黄色的树林里分出两条路
可惜我不能同时去涉足
我在那路口久久伫立
我向着一条路极目望去
直到它消失在丛林的深处
但我却选了另外一条路
它荒草萋萋，十分幽寂
显得更诱人、更美丽

虽然在这条小路上
很少留下旅人的足迹
那天清晨落叶满地
两条路都未经脚印污染
啊，留下一条路等改日再见
但我知道路径延绵无尽头
恐怕我难以再回返
也许多少年后在某个地方
我将轻声叹息把往事回顾
一片树林里分出两条路——
而我选择了人迹更少的一条
从此决定了我一生的道路

我要走，是一定的，至于要到哪里，什么时候走，在这之前我真的并不知道。

这次我知道是真的要走了。

首先我觉得我的生命的前半阶段完成了。

我带的是初三，学生毕业也一起走了，我了无牵挂，不怀愧疚。

我带的徒弟杨柳老师，外地来的，人生地不熟，对她我怀着很真诚的心意，本来还担心她，结果她在我的前面先离开到大学去了，善哉，善哉！

最激动的是多年前给我们做过职业规划让我哭了一路的陈萍老

师，自从那次以后就再也没有见过，没想到兜兜转转去年年底又遇上了，轻轻的拥抱仿佛等了一个世纪。

王伟老师之前给我指导过两次公开课，每次都让我有醍醐灌顶的感觉。对他，我心里也怀着一种深切的感恩，没想到去年年底竟然又能让他给我指导名著《骆驼祥子》。缘分这东西真的很神奇，来去如风。

陈玲玲老师，去年我连续两次现场说课竞评，评委中都有她，事前我们都不知道。第一天学科带头人考评之后的第二天就是省赛选拔，陈老师看到我的时候忍不住大笑："啊哈，怎么又是你！"对这位令我又敬又畏的老师，我在心里告着别。

我当面告别的是高研班的陈斌主任，我有幸和他一起朗诵《简·爱》，在高研班里感受他的严厉和亲切。他曾在大会上当着众人的面说我他日必成大器，这回恐怕要失望了，我真的很抱歉并深深感恩。

当面告别的当然还有一直对我关爱有加的聂老师，聂老师于我是多年师长成朋友。这么多年了，我居然第一次知道聂老师的歌喉这么动听，唱功如此了得。

吕老师也是让我尊敬和感恩的区教研员。难忘那次评课的时候来不及回家，在吕老师家度过两个午休，还有一次开完会坐在吕老师矮矮的电动自行车后悠悠荡荡地回家，现在、以后都会成为珍贵的回忆啰。哈哈，吕老师也是歌后。

电话告别的，是我的师父张斌老师。感恩张斌老师一直对我的照顾，本来是可以当面告别的，可是张斌老师眼睛动了个手术，又由于疫情突发，没能见面。记得我刚到学校的教科处时，师父就和张文明校长请来专家和区名师工作室所有成员到我们学校传经送宝，帮我完成了初到教科处接到的第一个大任务。感动啊！至于张文明校长我还没好意思辞行也没来得及辞行，下次回去当面赔罪。情谊记在心里了。

总之，太多人值得铭记。每个人的生命里都有和别人相牵连的千丝万缕。

……

其次，我想要更好的生命状态。

高研班二期的专刊让我写卷首语，我的标题是“从流飘荡，任意东西”。我真的很喜欢这样的生命状态。当时有同学说，这样的状态很难啊。确实很难。轻舟一叶，任意流转，看似随波逐流，其实是内心多了一份笃定的从容，不惊不怖不畏。

我现在以为人生所活不过从容，从容来去，从容面对，不活在别人的眼光中，不要四平八稳的腐气，不娇气，不傲气。任何时候都能够有力量去追求自己喜欢的生活方式，不去想未来如何，只管走好脚下的每一步。拔脚就走，随处可停，不为心外之物羁绊，不畏前方荆棘风雨……

我曾经问过一位走出去的特级教师：“你觉得出去之后最大的不同是什么？”他很和缓而平静地说：“要论钱，咱们邗江的教师工资并不低，最大的感受就是当你遇到专业上的困难时，你身边可以问的人多了，你再怎么努力认真，身边都有同道，没有人觉得你是异类。外面有压力是肯定的，但也逼迫着你不停地去努力、不停进步……”

我以为这样的说法很是中肯。

还有一点是我想要践行的，就是大多古诗词的作者都曾是一个用脚步丈量四方的人，李白是，杜甫是，苏轼是，李清照也是……现代知性女作家也都有辗转各地的经历，萧红、张爱玲、林徽因……当代大家余秋雨、蒋勋、周国平……脚步遍及世界各地。

远方不是远方，只是一个必经之地，而已。

还有，作为一位老师，我特别想真正读懂思乡的文章，隐约期待着有一次远离家乡的经历。是，我知道你想说，这个女人太野，但我以为不论男女总有一部分人的身上藏着游牧民族的因子，我只是其中之一。

“若为化作身千亿，散上峰头望故乡。”如若没有切身的体验，你不会有共鸣。当然现在交通、通信发达了，不可能再有这样的切肤之痛。

像我，还没有离开扬州，就开始思念起扬州的好来，也突然深刻意识到自己扬州人的身份。即使在疫情深重之际，我也不避讳我是“扬州人”，“人生只合扬州死，禅智山光好墓田”也曾经是我的理想。

像我，临将起身，听到那首歌：“家乡的茶园开满花，妈妈的心肝在天涯……”突然就觉得脚步凝滞了，心里也有些说不出的情绪缠绕着。从来没有过的感觉，倒也真切降临。

像我，离开家乡突然就顿悟了朋友的含义，真的，“朋友是自己选的家人”这句话一点不错。早在之前军宗大哥就把他租的房子留给我，师父又亲自上阵帮我把冰箱、洗衣机运到位，海芹姐帮我安装了空调，连安装费都自掏腰包，晓东哥深夜接机忙前忙后，艳儿不仅带我们到处逛，到处买，还是我进入清澜山的向导。郝大哥给芊带来北京的特产，师父连大米都送我……

初到南方，正是朋友给了我莫大的支持和宽慰，清澜山也用她最美的姿态迎接了我：翩飞凤尾蝶、纯白猫咪、悠闲大蜗牛……都竞相出来迎接我们。

但我知道，未来的路一定不会缺少磕磕绊绊，甚至波涛汹涌。

安排好出租房里的一切行李，芊已熟睡。在没有封砌的阳台上，我抬头看天上的一弯新月在昏黑的云层中穿梭行进，想起来一位朋友的规劝：“你多大了？”

我多大了呢？我这个年龄，苏东坡经历了乌台诗案，人生一下活通透了；我这个年龄，任正非刚刚开始到深圳创业，百险千难；我这个年龄，《月亮与六便士》里的斯特里克兰德仍然有勇气去践行自己的人生梦想……

我不能跟他们比，我只是小女子一枚。

你若问我：“怕吗？”

我会说：“怕。”

但我还想用电影《花木兰》里的一句台词回答你或者安慰自己：“只有懂得害怕，才会更勇敢。”

突然我伸出手，向月亮。

破

"语文湿地"年会过去一周了，我拿起笔来，忘却的救主迟早降临，我得赶在它的前面，抢夺一些东西封藏。"破"，我写下这一个字，眼却瞄着手边正读着的小仓广的《不完美的勇气》。

"人是一种怀有自卑感的存在。"

"自卑不同于自卑感。自卑是客观事实，自卑感是主观认知，而主观认知可能出错。"

"为了消除自卑感，人们不断树立一个又一个目标，成为自我前进的不竭动力。"

"自卑感是成功的基础，同时也是所有问题的根源。"……

莫名地　首老歌飘转在脑际："多少脸孔茫然随波逐流，他们在追寻什么？为了生活人们四处奔波，却在命运中交错……"

年会时，有机会和来自全国各地的老师们坐着吃饭，不时听到老师们这样说："羡慕你们啊，你们搞教研是怎么有时间的？我们的生活总是鸡零狗碎，一地鸡毛；都不敢靠近你们。""你们江苏的教育好啊，老师们有很多锻炼的机会，所以整体素质高，不像我们。""我自从生了孩子就躺平了，整天没有幸福感，不甘心呢，所以要往外面跑，现在年龄也大了，我这次年会晚会就不参演了，不敢去呢，等明年，明年上台。”

……

我懂这些话背后的意思，因为我刚开始出来的时候，内心的恐惧感和自卑感绝对不亚于他们：成都年会，颤颤巍巍地躲在角落，像个小媳妇生怕被人看见；宜昌年会，有了几个朋友，还是躲着人群走，遇见自己景仰的老师也是远远看着；徐水年会，窦桂梅老师讲了《大脚丫跳芭蕾》，一下子触碰到我内心最敏感的神经，我也想要跳芭蕾，尽管我也有“一双大脚丫”，后来梦想成真，我们几个（秋备、忠玉、艳平、小鹿、晓东哥）成了君师父的徒弟，那一个夜晚连着早上，我们几个人是疯的，最后抱头垂泪，不敢相信；温岭年会，先跟着君师父去了牡丹江，后又到年会的讲台上上课，这是我第一次作为上课老师站上年会的讲台，我上的是一堂古诗联读课《正视孤独是我们的必修课》，太珍惜这样的机会了；清澜山年会，我作了一个演讲，题目是《天地间走来小小的我》，完全是我一路走来的心路历程，演讲的过程可一点不轻松，整个身体都是绷紧的……

或许每个人都有自卑感，别人的我们不甚知道，但是自己的，总感觉尤为清晰。我的自卑感一度成为我生活中所有问题的根源。我总感觉自己不够好，不够完美；这份感觉常常令我一遇到困难、考验，一遇到怀疑的眼神就在心里确认：你看，说你不够好吧？还真是。

“如果没有恐惧，你最想做什么？”有一天，我听到这样的话。

如果没有恐惧，我最想……

还真的有很多东西跳出来，关键是我一想到这些，嘴角的笑意就在不经意间扬起。为什么别人的话在你这儿起了作用？是因为你潜意识里也默认了。这样的话真是醍醐灌顶。我们就是这样，带着一份“惑”上路，去寻找答案，然后一个“惑”破了，又一个“惑”产生……破“惑”的过程，就是我们提升的过程。

北京年会期间突降暴雨，很多感人的场景足以让人泪目，每一个在会场穿梭的身影，都足以让人尊敬，我知道他们都带着一份“惑”，一份不甘，一份渴求。

年会结束，人们依依不舍，四散离去，伴随着列车、飞机的轰鸣，重新回到属于自己的那片土地，人们用不同的声音反刍年会，这何尝不是一次心灵的确认：

“北京暴雨，德州地震，因暴雨航班延误的，因地震动车晚点的，有老师在车站足足等了12小时，有老师在航空停运下辗转……湿地第六届年会同温岭年会一样，也沾上了恶劣环境的传奇，也许这是让灾难冲刷自己的认知，然后放空自己，重新启程吧。”（张娟）

“高铁风驰电掣般载着我奔上了归家的路，看着窗外连续几天的暴雨，把北京郊外淋成了一片片湿漉漉的地。湿地！湿地！‘语文湿地’！你该有怎样宽广的境域，容纳了30多万热气腾腾蓬勃向上的生命栖居；你又该有怎样强大的魔力，吸引着无数朝圣者风雨兼程不远千里奔赴稻香湖畔，只为那三天的狂欢！走进你，我才知

道，这里除了水草丰茂，沙鸥翔集，还有‘我们一直都在’的默默守候。”（白利）

“为什么‘语文湿地’能够有30万粉丝追随？为什么一个非正式的草根语文组织可以连续六年举办聚会？为什么王君老师和尹东老师有那么强大的人格魅力？为什么‘青春语文’里有那么多热爱追逐奋楫争先的语文人儿？来之前，我不太懂，来之后，一切都懂了。”（刘贺怡）……

一个人走还是一群人走，是黄厚江老师在年会上讲的作文课的主题。这何尝不是一个值得我们思考的生命主题？人是群居动物，没有人是一座孤岛。走不过去的地方，有人搀着、扶着，鼓励着：“嗨，别做缩头乌龟啊！”这本身就是一种动力。当你走到“群”里，你会遇到很多优秀挺拔的生命：你看，赵谦翔老师，70多岁的老者，经历两次癌症，上课前是老师们搀扶着上台的，候课的时候一丝不苟地看着讲稿，上课的时候声如洪钟，一下课几乎直接是从台阶上跳蹦着下来的；你看黄厚江老师，头发也花白了，用最幽默风趣的语言讲着议论文如何确立观点的问题，引人思考，发人深思，课上的笑声不断，听课的人也确实学到了方法。听，台下老师的反馈：“啊呀，这课我来得值了，虽然从广东飞到北京啊，但学到了很多东西，而且以后儿子谈恋爱我也不烦了！”

你看，王开东老师一站到台上，就是生命最本真的样子，虚话空话一句没有，写作与生命交融，用生命去影响生命。去找到通往写作的密道，这何尝不是探寻生命的密道？……听着听着，几度落泪，我曾差一点迷失，觉得从此再也不要写了……开东老师无形中开解了我。

你看徐杰老师上《孔乙己》，一抖“长衫”，竟然抖出了知识分子死要面子活受罪的本质。其实《孔乙己》太难上了，前有黄厚江老师从孔乙己的“手”而入的读写结合的课堂，后有肖培东老师发掘的“记住”与“忘却”之间的孔乙己的独特形象。果然，没有难上的课，只有不悟的心。

太多这样的例子了。别的不说，我们青春语文名师工作室里，就有很多姐妹已经能独树一帜了：友芹、海芹、忠玉、敏红……听她们的课，会生发出一种自豪感，流畅的节奏又让你沉浸其中，真好，真好。

走进“群”有走进的好，但是任何事情都有相反的一面，当你遇到棘手的问题，在群居之中，每个人都会来一句善意的提醒，这个说“你应该向左”，那个说“你应该向右”，再有一个说，“你应该早点规划的”，再来一个开着玩笑说，“你就是不太能干的”……

如果你自己没有定力，没有对自己的客观评判，那么有时甚至觉得在别人眼里自己连活着都是多余的。我们终将遇见爱与孤独；群居之后，我们还应该把自己还给自己。这就是跟着“语文湿地”到处行走之后，我给自己的答案。

北京年会，我对自己的要求是：做你能做的事情，对集体有益的事情，然后在其中做你自己，享受过程。我觉得我可以做个主持就报名了，小时候学校六一儿童节联欢会我主持过很多次，很美好的体验。群里招募为上课名师服务的人员，我一看其他名师那都满满的人了，敏红这还没有，我来我来！群里说要来个旗袍秀，这个我可以啊，我旗袍也多，我现在最喜欢买的就是旗袍，喜欢逛那个叫“不晚”的旗袍店。是啊，青春和美丽什么时候都不晚，刚刚好。

海波说：“春霞，你给咱组节目讲个关于你的湿地故事，不长的，写个诗啥的。”我说：“好的好的。”海波说：“春霞，我们组还有个舞蹈节目，要不，你也上？”“这个不行吧，我没有舞蹈基础啊。”“啊，有阿莲老师啊，那个，就你了啊。”“好……好的吧。”

君师父说：“春霞，我还是上那课《诗》吧，到时候还要请你上台朗诵一下你的那首小诗哦。”我受宠若惊：“好的，好的啊，师父。”君师父又说：“春霞，待一会儿我们俩还得给赵谦翔老师伴个舞，他吹口琴。”“哦，哦？好……”上台了，师父喊：“春霞呢？”我缩在柱子后面：“不要啊，师父，我不敢去……”“上来啊！”一把拽过。“好吧，好吧……豁出去了，脸不要了……”

年会前后，我每一天都睡得很晚，写稿，记台词，排练舞蹈，练习模特步……不累，不觉得累。身心融入，苦的永远不是事。

年会过去一周了，我拿起笔来，写下一个遒劲的字：破。

破自卑感，拥有面对不完美的勇气。

放下一切对自我的评判，不自我设限。好多事情，我都可以；不试试怎么知道？即使不行，也是暂时的，下一次没准就行了。我没有那么完美，没有人完美，因此，除非真心赞美，否则不要轻易评判任何人，包括自己。

其实，当你放下时，一切都变得轻松、自然、松弛起来。

年会拍合影时，丽芬妹妹对我说："春霞姐，你跟上次年会比，完全不同了，简直脱胎换骨。"哪里不一样了呢？或许有些路走过去之后，就会不一样。

谨以此文写给一直拥有自卑感的自己，也写给"语文湿地"的那些怀揣着梦想心有不甘又有所顾虑、自我怀疑的人。打破，是为了确立。

向前一步走，告诉自己，人生只有一件事：活好！

而我今天所具有的一切勇气，都是"青春语文"和"语文湿地"给我的。

破 局

什么是好日子？我周围的很多人告诉我，安全的就是好日子。什么是安全？说直白点就是“不被人笑”！

我的一个亲戚一直盼着儿子能再有一个儿子，结果儿子果真有了儿子，儿媳妇却去做了传销，一波未平一波又起，于是相继发生离婚大战、夺子大战。

在其中，我感觉她最受伤，因为她一直背着“怕被人笑”的负担。没有孙子怕人笑，儿子离婚怕人笑，自己苦死累死不要紧，因为人家也这么苦啊，可是“不同”让她恐惧、战栗，令她时时于无人处痛哭流涕。直到儿子再婚重新加入“同”的行列，她才渐渐恢复平静，继续埋首于无尽的家务劳作中“矻矻穷年”。

我还有一个亲戚，因为特殊原因大家伙聚在一起，一见面没说几句话，就跟人家说：“你看你多老啦，不要苦咧，你看我，早就享福咧！”搞得大家好不尴尬。偷眼看去，他的背什么时候这么驼了，他的脸都有点不敢直视了。可是他看不见自己的老相，光顾着炫耀自己了，就因为他家里开个棋牌室，边玩边把钱赚了。

她和他其实没什么关系，可我总莫名地觉得，她最怕他，因为很多这样的他，喜欢点评别人的生活，她才这样苦。

突然想到《我的前半生》里罗子君离婚后一度过得凄惶，后来自己有了工作，被一个“老好人”追求，但是时间证明他们不合适，因为拒绝这个“老好人”，罗子君再度受到了别人的指指点点，她内心发怵。是啊，一个离过婚的女人，还有什么资格拒绝这么一个“老好人”的求婚？可是勉强在一起只会跳进另一个坑。当她为难时，贺涵三下五除二就帮她解决了难题，很简单，尊重自己的内心，只要在别人指指点点的时候，在心里默念：关你屁事。

无独有偶，不久前我读到一篇文章，很是对胃口，上面写到，我们常常对别人的事表现出特别的关心，当众人聚在一起八卦别人的时候，你最好闭嘴，对自己说：关我屁事。

是啊，都说人生很短，我们为什么常常在别人的眼光中苟且偷生，又在八卦别人的私生活中浪费光阴？

这是一个多大的“局”啊！

樊登来扬州了，他一出场就抛给我们一个词：“反脆弱”。

为什么我们经不起事，经不起变故，经不起别人的审度？都是因为我们自身太弱小了，能力太差了，我们太不敢冒险了，太不敢“不同”了，太害怕吃苦了……

我们需要一个平台来衬托自己，需要一个帽子来肯定自己，需要……

可是去除了这个平台，去除了这个帽子，去除了这个那个，剩下的才是我们最真实的自己。

听来一身冷汗啊。

《装在套子里的人》我讲了好多遍，可每次说说笑笑就过去了，似乎那只是别人的人生。现在才顿悟：我不也曾是那个“套中人”？

踩着点上班下班，没有目标，浑噩至极，等到遇到点变故，措手不及，寝食难安。

拼命地求“同”，似乎“不同”有罪，别人买房也买房，别人买车也买车，别人说那么认真工作干吗，你也不敢太卖力……每一步都按部就班，仿若刀架脖子，鱼卧砧板，不这样会死似的。

等到该有的都有了，日子安逸起来，却发现这样的生活不是自己要的生活。

就这么过一辈子？

我渐渐理解了《泰坦尼克号》里的Rose（罗丝），之前觉得她矫情，生活富裕，衣着光鲜，未来夫婿有头有脸，还娇宠地送她价值连城的“海洋之心”，就这样她竟然还觉得日子窒息以致寻死，这不吃饱了撑的，不是矫情是什么?!

事实是被别人牵着走的日子都不是好日子，精神得不到舒展的日子都不是好日子。

跳出“局”，挣破“套子”。

教师，除了四平八稳的优势（现在看来这点也不是什么优势），真的没有出路？除了每天埋在作业堆里“艰难跋涉”，除了面对熊孩子“狂风呼啸”，除了升学压力和面黄肌瘦，就是无尽的琐碎无尽的重复？“教师，就是一份一望能看到头的职业。”我的一位朋友如是说。

我却看见我的师父王君老师天天在孩子堆里笑语盈盈，青春的脸庞容光焕发，她带着她的“青春课堂”走过了一座城又一座城，看见了一个远方又一个远方；我看见了王开东老师每天凌晨一篇博文，或“挥斥方遒”，或“激昂文字”，心底越来越柔软；我看见余映潮、黄厚江两位老前辈根本无意黄昏的来临，在课堂上脚步矫健，声如洪钟；我看见肖培东老师穿梭各地，每天在朋友圈发的都是俏皮至极的图片，童稚之心永存……

上个月，参加全国青年教师课堂观摩，一位特级教师这样说：“课堂救赎了我，没有那一堂一堂的课，就没有现在的我。”

我觉得他替所有热爱课堂的人都做了回答。

是啊，梁公也曾说，职业没有好坏之分，苦的不是“事”，而是做事的“人”。

我们常常为之压抑、身在其中的“局”是什么？

是我们烦躁的心，是固执的思想。

余秋雨曾经说过，我们每个人都给自己画过一个“心牢”，有的终生不给自己“开释”。

何苦来哉？

世界应该是多彩的，人的生活也应该是多样的，凭什么要按一种模式生活？

好在我明白这些还不算晚。

我不能改变我的亲戚她，也不能改变我的亲戚他。

我要改变我自己。

打破舒适区，用一辈子的时间用心去做一件事，突出重围去做一件事，跳出“三界”去做一件事，然后让自己的内心越来越强。

其实，人在世上，不必和谁比，更不必和谁斗，不妨以一颗温柔的心对待周遭的一切，让靠近自己的人温暖，在这过程中遇见更好的自己。

这是不是也在“破局”呢？

做一株会飞的麦穗

麦穗是会飞的
小满之后
它们都会陆续飞离麦田
留一份饱满给栖停的鸟
再留一份旷达给奔跑的
麦穗一样的少年

飞走的麦穗
牵动一田的麦秸秆的眼
那是母亲滞立遥望的眼
风，带来一片一片叶子
上面写满行走与爱的
告白
……

从青葱到金黄，麦田里发生的一切关于生命关于成长的，都被土地写成诗的行，也被一棵树悄悄镌刻进年的轮；一年了，转眼。

尤记得带着青涩麦苗味的孩子们在智德之门前齐诵范文正公的《岳阳楼记》：“先天下之忧而忧，后天下之乐而乐……”铿然的声韵从此收录进春雨池内。尤记得黄厚江老师开学致辞《我心似水，我身如山》：“山的人格和水的美德是一致的。仁者就是智者，智者就是仁者。真正的仁者，心中必然有一泓清泉；真正的智者，心中必然有一座山。”于是做一个心中有水、心中有山的人成为孩子们躬身笃行的航向。

如何拥有水一样的美德和智慧，山一样高贵的人格和灵魂？读书是不二法门。这一年我们一起读了《西游记》《朝花夕拾》《牧羊少年奇幻之旅》《呼兰河传》《许三观卖血记》《外婆的道歉信》《通天之路：李白传》《骆驼祥子》《海底两万里》《人类群星闪耀时》《给孩子的科幻》《树上的男爵》《成为》……当然，我们从不为了读书而读书，我们更不为消遣而读。黑塞说：“只为消遣而读书的人，所读的书再多再好，读过就会忘，读后与读前同样贫乏。”真正爱书的人读的书不会流失，会成为他的所有，会留在他身上，会使他欣喜，使他得到安慰。

我们不仅读，我们还一起上了全科阅读研读课，读《牧羊少年奇幻之旅》，我们一起探讨如何守护各自的天命，使之能一生不陨落，树立一个信仰：“没有一颗心，会因为追求梦想而受伤。当你真心渴望某样东西时，整个宇宙都会来帮忙。”读《外婆的道歉信》，我们一起铺展开一个另类外婆的事迹，也铺展开一个真理：真正能够困住一个人的，从来都不是有形的牢狱，而是心灵上无形的枷锁。

读《通天之路：李白传》，我们一起看到了不一样的李白，潇洒恣肆、狂放不羁的背后有很多坎坷不平的路在向着同一方向延伸。透过李白我们看到：一个再“仙”的人，哪怕已经成为一个文化符号，在生活里也只是一个有血有肉的普通人……

读之外，我们一起写，几乎每一个周末，我们都会与文字相约。写的时候不觉得什么，一切都显得稀松平常，然一年的时间，我们收获了独属于我们的一整本书：《大麦田》。一共8辑：“秋：比时间更久”“你，何止路过”“繁花有尽，新岁无涯”“草木人间”“旧物，不惹尘埃”“舌尖上的狂欢”“与廿四不断重逢”“花季雨季，如梦之梦”。一眼瞧去，全是金句，泛着金色的芒，像是麦田里的金色麦浪。

这一年，孩子们用更细腻的眼、更细腻的心打量和感受这个世界。周凌萱把眼光转到街的角落：“肥大的荧光绿工作服上躺着陈年的折痕，几星泥土粘在衣角。草帽下隐约地露出饱经风霜的侧脸：皮肤黝黑，皱纹横七竖八地纵横着，做工粗糙的金色耳环也不能掩盖你追逐生活的疲惫。汗水接连不断地落下，镶在褶皱的皮肤间。”严唯瑜的目光对焦父亲：“听课、理解、做题、背书……一切对一个在职工作的中年人来说是艰辛的。没时间听课，那就戴上耳机，上下班、吃饭时听。没时间背书，那就把知识点记在小本子上，有空就背。”潘烨祺发现民间匠人作业时的美：“一位老工匠正全神贯注地敲打着滚烫的铁块。火星子如同散落的星辰，从炉火中跳跃而出，美丽得不真实。”王熙灵吃出外公做的面的不同寻常：“面放得差不多了，夹一筷子，放嘴里，一吸溜，浇头的灵魂汤汁浸透面条，十分入味。”朱奕彤悄咪咪地跟随奶奶的身影：“天蒙蒙亮，她便去自己的田地上，拿着一把剪刀，端着一个盆子，小心翼翼地踩着雨后的泥泞，精心挑选着豌豆。”张佳仪一俯身与一朵鸢尾花相遇：“初次，不知如何称呼，只觉她好美，如蝴蝶般自在地立在草丛中，紫色的‘蝶翅’在嫩绿的天空中舞动。淡淡的清香在四周环绕，令我难以忘怀。”……

这一年，初尝青春路上泥泞与跋涉，对此，孩子们有了自己独特的认知。臣星韬说：“短暂的冬日算得了什么？冬日之后就是温暖的春天！”周奕疃说：“规则与成长其实并不矛盾。在逆境中，谁说不能生长出更顽强的生命呢？”杜立航说：“此刻，我终于体会到了青春——是在赛场上夺得金牌，是在赛场外甘于服务，是用自己最充满活力的时间温暖他人。”张腾渊说：“一只小小的蜉蝣，生命短暂的、力量微薄的小虫也有着自己的追求，我作为一个正当青春的少年，在心里对自己说：‘你若是蜉蝣，定当追求光明！’”周纹萱说：“在青春拼搏的道路上不该颓废，更不能放弃。”曹嫄湉说：“在这个意气风发的时候，在这个鲜衣怒马的韶华，也许最美好的一份爱，便是让身边的人都意识到自己也是一颗明星，让身边的人都更热爱自己！”徐子墨说：“无论身处何处，我们总是仰望满天的繁星。低头，脚下是路；抬头，前方是梦。纵使这路很长，这梦很远，但迎接我们的终将是一路繁花，一片盛大。”蔡沅芫说：“成长是通过努力，通过决心，通过勇气换来的”……

这一年起，我们三位语文老师站立成麦田里的守望者。尤其黄子恒、朱秋月两位年轻老师，他们一位毕业于华东师范大学，一位毕业于苏州大学，一位儒雅多才，一位温柔博学，对教学子恒老师的一贯主张是——通过语文抵达更广阔的世界，秋月老师的教学理念是——向语文深处与更深处漫步，一路探寻，一路体味。他们对语文的三尺讲台充满敬畏，一步一个脚印走得扎实稳健；他们用自己对待生活的热情感染着一群少年，就像一朵云呼唤另一朵云，一棵树摇动另一棵树。

从《大麦田》创刊的第一天起，我们对孩子们共同的期望就是——

风撩起衣襟，青春活泼而飞扬
没有矫揉没有造作
一派自然一派烂漫
本真的朴质自成诗行
原始的笨拙天作文章

徐飞老师说，他的第一篇发表的作品是《怀念麦地》，那时他在上学期间，"骑着辆自行车到郊区，选一处麦田钻进去，躺在刚收割的麦地里，嚼着青涩的麦秸秆苦思冥想，一躺就是半天"。麦田萌发了一个人的创作灵感。

徐飞老师说："语文和你我的生活、生命密切相关，是你我一生最幸福的修行。"创作和生活从来不曾割裂，让我们在生活中作最幸福的修行。

做一株会飞的麦穗
向更远的更远方
驮起身后爱你的人的
深沉的目光

……

暗香来

如米桂花，在风中滑行了一个弧，悠悠飘落。

地上一层米黄。

暗香。

一

从前不懂，假期高速路上明知会堵得像个蜂窝煤球，还是有很多人挤在路上。

没想到今年，我也做了这样的事。专门选了凌晨四点的时间，顶着星光出发，以为经过一夜的疏通，路况会改善，但这也仅仅是我以为。走了四小时的车程，发现导航显示还有四个多小时车程的时候我有点泄气了，后来怎么走总有四小时在等我，迷宫一般，走不出。

在我最懊丧的时候，我的同学，同在苏州的大国打电话给我：

“春霞，在哪儿呢？”

“堵高速上呢。”

“哈哈，我乘火车已经到扬州了，只用了一个多小时。”这厮在说“一个多小时”的时候，每个字都被他说得迸开了花。

“喂，下次我可不开车了哦，请在节假日帮我把火车票买好！”

“不是请求，是要求。”

他可是我从小学一直到高中的同学。这样的同学我们一共五个，现在三个在苏州，一个在上海，一个在扬州。

“好咧好咧！”

……

放下手机，继续龟行在高速上，动不了的时候，干脆拿本书出来，才看几行，那边车要挪一下，挪一下也没挪几步，不动又不行。干脆听歌，听我最爱的越剧，听坤生王子，发朋友群……不发朋友圈就罢了，一发我的几位苏州同学一阵笑声。

二

中秋节，是我爸的生日；车没停稳又直奔娘家。

哥回来了，亲自下厨做了一桌子菜等我们回家。

哥让我们第二天再回来，他还要下厨为我们做好吃的，哥越来越有哥样，他开始用心款待他的妹妹。而他的妹妹我也慢慢习惯自己在这个家“尊贵客人”的身份。

吃完饭，娘儿们就聊天。老妈憋了一肚子话要找我聊，平时我不打电话给她，她不打电话给我。用她的话讲：“我知道你忙，你打电话给我，有时间了就打，没有时间就不打，我们绝不打扰你们的工作。”

现在娘儿们坐一起了，妈妈开始讲她的种种琐碎，比如说起我在广东她怎么晚上睡不着觉，我问为啥睡不着，她说："也不知道为啥，她就是睡不着。"她说"她"，像是说另一个人。然后说爸爸之前生病的事，15 年过去了，老爸活得好好的，"你说，镇江的医生恐怖不恐怖，直接跟我说……没有希望了……"很显然，那场家庭地震的影响并没有因为父亲病情的好转而消失，"我当时啊，整夜都没睡，一点也不敢告诉你爸爸。"

我跟着妈妈的话陷入了沉默，半晌，我说："当时扬州的医生跟我们说，只有七个月。"

"啊？是吗？医生真这么说……"妈妈显然不知道我们当初也对她隐瞒了。为了转换话题，我就跟妈妈说起蔡磊，那个患渐冻症的京东副总裁，我说他的生命也总不过四五年了。

"医生的话也不一定是准的，每个人都不一样的。"妈妈说。

这话，我信。

"你爸爸还是心好，才能活下来。"我一怔，老妈从没有这么直接褒赞过老爸。

突然妈妈像想起什么："之前小顺子妈妈摔下来，一个电话儿子媳妇全回来了，我就在想啊，我们假如有个什么事情，一个电话，你们飞也来不及啊，现在好在，靠得近了……"

"妈，我给你按个摩吧，我的手艺又长进了。哈哈……"是时候展示我的手艺了。

"你爸也按，就是找不到穴位，哈哈……"

"那是，我可是专业的！"

三

蚌怀着一粒沙，能变成一颗珍珠。

人怀着一颗石头，会痛得汗如雨下。

他就是。好好地坐着，说疼就疼。去医院吧，深的夜，我开车，他嫌我慢，我倒也想快，慌乱中，眼镜没戴，不敢快。

到医院了，他突然不疼了。变戏法似的。

大步流星，挂号问诊。

我倒像一个病人，跟不上他的速度，他让我坐在一边等他。

看廊里担架床上的一个直挺挺躺着的女人，一动不动。过了好久，她的丈夫模样的人问诊出来了，捋她的头发，那具身体稍稍地动了动。

一个孩子，脚显然受伤了，扒拉着脚上的绷带，很专注，像在聚精会神读一本书。

一个中年女人以百米冲刺的速度去挂号，不久又以百米冲刺的速度奔向医院的另一个角落，那架势像是跑场上一心要拿冠军。

夜，只在这里出奇地清醒着。

国庆假期，似乎注定了要来一次这里，体察一下另一个世界。

……

医生让他能碎就把身体里的那颗石头碎了，他觉得也是。与其不能预期地疼痛，不如主动出击。

夜很深，他说他很好，让我先回家休息。

我说："我把你带出来的，也要把你带回去。"

果然碎石之后的疼痛排山倒海般袭来，非打止痛针不行，点滴一直滴到凌晨一点多。

疼痛的时候，就在想：不疼痛的日子多么好。

四

又到了炒蚕豆的季节。

从前我写过：

“我吃的炒蚕豆，市面上没的卖。像那油油的爆炒蚕豆，我是敬而远之。我喜欢的炒蚕豆，必是家里自种的老蚕豆，洗干净，在老土灶的铁锅里清炒，什么佐料都不要，炒到豆子在锅里发出噼啪声，接连不断地发声，就好了，入口咯嘣脆，越嚼越香，令人回味。”

我外公在的时候，就喜欢用炒蚕豆磨砺牙齿。

我喜欢炒蚕豆，是因为我莫名喜欢炒的过程：经过我们上百遍的翻炒，豆在锅里发出噼啪声，终于可以出锅。我会莫名觉得人生也似这豆在锅里翻炒百遍千遍。我喜欢炒蚕豆，是因为我喜欢那股子嚼劲，很多人吃不了说是嚼不动，芊前两年也说这话，现在却是越来越爱吃了。“我戴着牙套也把这豆嚼成两半儿！”她会自豪地说。我喜欢炒蚕豆，是因为每逢这个季节，我的奶奶就会蹒跚着给我捧出她种的豆，那是她预留的蚕豆的种，她情愿分出一部分来给她的孙女，我。我在咀嚼蚕豆的时候，常常能想见那蹒跚的怀着热情的衰老的身影，于是我又沉默了。

吃着炒蚕豆，我会想着：我是土地里长出来的女儿，吃着土地里长出来的种子，也必将变成一颗种子。

五

同学聚会。很特殊的同学。

用我们同学的话说，咱们这帮人关系太复杂了！复杂到什么程度？有做外公的，有做小爷爷的，有叫叔叔的，有称舅舅的，还有姑奶奶、小婆婆……应有尽有。这些辈分都不是虚的，很多在同一个家谱中，是实实在在的亲戚关系。有孙子和小爷爷干过架的，有舅舅被外甥教训过的，还有外孙子、外公一起被罚过站的……就连我们的班主任夏老师跟我也是差着辈分的亲戚，他比我还小一辈，我叫他的丈母娘为姐姐。你说，就这关系理得清吗？

可是，这些重要吗？酒杯端起来，首先敬老师，同学之间，不管什么辈分，都怀着同样的热情。有一个好多年不见的同学，站起来端起酒杯，迟疑地问："你还记得我的名字吗？"

想都没想，一口报出名字。

哈哈，酒杯碰起来！

我们这些人还有一个共同点——祖上都是一个地方的，这次他们居然告诉我一个"绝密"消息："我们祖上都是苏州阊门的。"

好几个同学说，他们考察过，确有此事。

苏州？阊门？

真的假的？

六

芊陪我散步，我陪芊看电影。

芊的脸上越来越多的笑容，很灿烂，像儿时一样。

回家，跟亲人们在一起，在熟悉的乡音环境里，她有更多的安全感。

我们散步，她喜欢我的手套着她的手；看电影看到恐怖的地方时，她会到处找寻我的手捂她的耳朵。

最要命的是，我越希望她像千寻一样勇敢无畏，她越怕我成为千寻的妈。

"妈，别吃得太多了，小心成为千寻的妈，一头大肥猪！"

"放心，你妈我这辈子与猪无缘了，顶多能成为一只猴！"

就此，我们开始贫上了。

"妈，你终于变回我妈的样子了，上次你回来，我差点不认识你了，皮肤状态太差了！"

"甭扯那没用的，你妈就是大麦田里一个种地的，别对我要求太高哦！天天和学生们一起奔跑在操场上，粗糙了皮肉，愉悦了身心……"

话虽这么说，我还是悄悄入手了一只帽子。

昨天，我带芊去看了电影：《志愿军》。观影全程，芊一边寻找我的手捂她的耳朵，一边喊着"害怕"，一边小眼睛聚精会神地对着电影。看得出来，志愿军的精神对芊产生了影响，电影结束，她回家还写了作业。

好的电影会有一种潜移默化的力量。

七

假期，我认真地读了一本书《高手父母》，并一再告诉芊：

“为了你，看老妈我多么努力，第一次做老妈哦，我要好好学习天天向上！”

我的态度多么诚恳啊！

看，芊的笑像秋天夜幕上的月牙儿。

一阵暗香，迎面。

赏月台

脚跟，无数的脚后跟；脸，各色的脸；包，大包，小包，拎的，拉的……

车站里，我的头突然有点迷糊，胃里不舒服，许是午后在办公室吃了冷饮的缘故。秋月的生日，好久没有吃冰淇淋蛋糕了，可是我哪里就这么脆弱了？

我的手扶着拉杆箱，走惯了的路突然没有了方向，眼前就是无数的脚跟，高的，矮的，圆的，椭圆的……无数的脸，长脸，圆脸，瘦脸，胖脸……黄色的包，粉色的包，黑的，白的，大大小小……

此时它们一个一个逼迫过来，想要一起挤进我的眼，有被撑破的痛贯穿了我的眼；耳朵里嘈杂一片，这一团的哄闹把我原本就不宽敞的身躯压得变了形。

好不容易，跟着人流，找到自己的车，自己的车厢，自己的座。

掏出一本书，一个小本。

我的世界安静了，悄没声了，舒畅了，活了。

等到站的时候，我又变成了一个活泼泼的自己。

抬头望月。

月是故乡明。

一

上周，没有回家。

同学大国一知道没回去，就积极张罗着要给我接风，本来九月份就要宴请我，知道我很忙，就延期了。

海洋、海霞都见到了，真好；同去的除了大国一家，还有4班的张同学和崔同学，因为从前不在一个班，彼此的印象也不甚了了。

但是因为曾经同在一个学校，谈起我们熟悉的老师，尤其谈到我们1班的政治老师和4班的班主任，因为他们是两口子，那份亲近自然流动起来，像一阵清风飘荡。

我开车赴宴，去的时候怕堵车，赶路的匆匆，让我的目光也匆匆；回来的时候，他们让我迟点走，这样可以跟堵车高峰完美错过，依言而行，果然，一路畅达。

红灯，因为不急，眼睛就往窗外一瞥。

呀，那半轮月就等在我的车窗外，似乎我只要再向前一步，就能触摸到它。

我不记得有什么时刻，月亮靠我这么近过，它像我的一位老友对我低声呢喃。

我，竟然不知所措起来，握着方向盘的手在微微颤抖。“手机呢？在包里，包呢？”我的眼睛不敢移动，手在右侧慌乱而快速地摸索起来，找到了！

一辆车过来，就停在我与月的中间，我几乎要窒息。

终于，那车像察觉到什么，慢慢地往前面移动了一点点，就那么一点点，我又看见那半轮精致的明晃晃的月了，像金色的谁的羽毛，像微绽的谁的微笑，像思念的谁的吻痕……

“咔咔咔！”我快速按动着快门。

“嘀嘀嘀！”后面有车在鸣笛，油门一踩，车奔驰起来。

啊，多么神奇，无论我怎么快，月亮就在我的右前方，它似乎有很多的话要对我说，又不知道怎么说，就这样默默地守在我的车窗外，跟着我一路穿梭。

到得一座桥上，所有的建筑都退隐了，像是被人施了魔法，墨黑的天幕上只有它，孤独，委屈，倔强，冷傲……似乎为了这一天，它精心策划了很久很久，等待了很久很久。

我的眼，莫名地湿润了。

这一个夜晚，天空里只有它，车流中也似乎只有我，彼时，也似乎，只有我们。

我哪里是赴了一个同学聚会，分明赴了一个与明月的约！

二

上周的某一天，疲乏的时候，无意中转悠，不想却发现了学校里一个很好的去处，那确是最适宜赏月的地方。

我最喜欢我们学校的设计就是每层楼都有向外面延伸的长廊，每栋楼之间都是连通的。最妙的是，延廊和延廊的中间还有一大片露台，上方没有任何遮掩的露台。坐得久了，就可以起身到外面的延廊上走走，在露台上踱步。看看那高高的长到楼上来的银杏树上的叶子，绿一半，黄一半，就想象它变成通透金黄的样子。在叶子旁边伫立，停留，呼吸呼吸那秋天特有的凉的、爽的、新鲜的空气，发发呆。草木是有能量的，很多时候，比人带给你的能量大，人有时还能给你带来负能量，草木不会，它给你的永远都是来自天地的正气。

就在我沉浸于银杏叶和秋的气息带来的宁静中时，头向后拗，向后拗……几乎是瞬间，就顿住了：

哦，那一轮微笑着眯缝眼看着我的月亮，似乎在说：“我早看见你了，我早知道你在这里；就知道你迟早也能看见我。”

李白为什么喜欢月亮？中国的古人为什么喜欢月亮？诗人们为什么喜欢月亮？

抬头的那一刻，我就一下子都明白了：

无论你处于生命中的哪种状态，有一种光都会照拂着你，不离不弃。

它不刺眼，它不骄矜，它不炫耀，它在茫茫的黑夜中照亮你脚下的路途，让你不至于抓瞎；它不说话，但它最懂你。

人在什么场景下最美？

月光下。

三

生活再忙，也要为自己找到一个赏月台。

不知为什么，每次赏月，我总想起我之前一个学生——蔡忻言，她特别喜欢《小王子》，反反复复提到《小王子》里的一句话：“只有用心灵才能看清事物本质，真正重要的东西是肉眼无法看见的。”

跟月亮对话，只用心灵，无需语言。

做老师，我们也要为学生搭建一个“赏月台”，让他们能看到那一轮清亮的月。

这周最让我感动的莫过于周四下午。

我在小圆桌旁批改随笔，顾家豪一脸兴奋地飞奔过来，开了2倍速，叽叽喳喳：

“俞老师，俞老师，刚才发生了一件天大的大好事，我好开心啊，好开心啊！”

一个人开心激动起来时，是有翅膀的，我看见了。

“孙校长在我们班听课，完了之后，还给我写了一句话，我好开心啊，啊，这是我最开心的一天！

“孙校长表扬我了！生物课，我回答问题了，夸我！”

他说得很快速很快速，似乎想让我瞬间感受他的快乐。

其时我已然感受到他的那份膨胀的快乐，像一个小气球一样，风一吹只等上天。

孙校长到底表扬了他啥，他说了半天，我还是没听清楚。

“老师，你想不想看看，想不想看，孙校长给我写了啥？”

“想看！想看！”

小鸟似的飞出去，又飞回来。

这次我看得分明：“我在听你上生物课，回答得很好！——SDL。”

教育应该在哪里用力？

心灵。

课本里的魔幻行

在九又四分之三站台，看着疾驰而过的火车，深深祈祷：暴雨赶紧停止，“烟花”赶紧消散。此刻我的身份是一个有着暂时“魔法”的“麻瓜”。

说是有“魔法”，仅是能看到一些常人不能看到的东西，能变出一些有限的小玩意。像赶走“烟花”，停止下雨，这样的魔法想也不要想。对！你说得对！即使有限的魔法也是暂时的。

所以，本质上，我还是一个“麻瓜”。

九又四分之三站台，这样的异度空间，我来了，不是为了见哈利·波特，是为了等我的魔法车。

喏，我的特制魔法车到了，它能上天能入地，没有人驾驶它，操控它的是我的意念。第一站下到地下6000多千米的深处，我要找“落日六号”，找那个女孩。告诉她，6000千米上的地面有一个人因为她几乎改变了看世界的眼光，原本灰色的世界慢慢变得多彩，变得生动。我也特别着急地想知道那个被困的女孩活得好不好，当然不要谁来提醒，我很清楚我的“权利”有限：只能旁观，不能干涉。而且我也知道我每一站停留的时间都不能太长，否则当“魔法”消失，我很有可能就永远也不会回来了。

十立方米的空间的确狭窄，女孩还在，穿着那件超大的太空服，看上去有点滑稽，但我笑不出来。我进来了，她看不到我，对于她来说，我是个透明人，连摸都摸不到。她在一个本子上记录着什么，她的眼睛里似乎有一汪水，好清澈啊，此刻这汪水正投射在一个字迹满满的记录本上。

我打量着四周。女孩每天到底吃什么？她睡在哪里？空间确实局促，我连呼吸都觉得缺氧，当然这只是我的感觉而已。

如果我的一生只能局促在这样狭窄黑暗的盒子里，每天穿着一成不变的毫无美感的衣服，做着单调而重复的工作，靠着仅存的一点美好的记忆过活……我活着的意义是什么？

不知怎么，我想做点什么。做点什么呢？我的魔法笔出来了，我写了一行字："不管走到天涯海角，我离你都不会再远了。"

字条飞起来，在十立方米的空间里，女孩终能看到，就为她的"意义"再添一点意义吧。我单纯地想。

第二站我的魔法车竟然飞到了南极，我只是在看女孩的时候，脑海中闪现了一会儿斯科特，车就到了这里。茫茫一片，荒无人迹，白色雪原。光在车里看着就觉得冷，突然很奇怪的，我像杨利伟在进入太空的那一瞬间一样"全身用力，肌肉紧张，整个人收缩得像一块铁"。埃文斯，那个身强力壮的英国海军军士先倒下去了，他目光呆滞，手上结满冰，两根手指头的指甲都脱落了，一会儿他就不省人事，死去了。我的眼里满是惊骇，却什么也做不了。奥茨又走出去了，拖着被冻伤的脚板，他不想成为大家的拖累。"不能出去，会死的！"我大叫，但是没有人听到我的声音，茫茫的冰雪很快就把他也吞没了。最悲惨的一幕还是上演了，斯科特海军上校在给他的妻子写绝笔信了："亲爱的，这里只有零下70多华氏度，极其寒冷。

我几乎无法写字。除了避寒的帐篷，我们一无所有，你知道我很爱你，但是现在最糟糕的是我无法再看见你——这不可避免，我只能面对。如果有合适的男人和你共同面对困难，你应该走出悲伤，开始新的生活。可能我无法成为一个好丈夫，但我将是你们美好的回忆。当然，不要为我的死亡感到羞耻，我觉得我们的孩子会有一个好的出身，他会感到自豪。”悲恸在这个男人的脸上扭结，他停顿了一会儿，划去了几笔，又添上了什么。我走近看，原来“妻子”变成了“遗孀”……

现在轮到我的心因悲恸而扭结，却又敬佩着。还没等我回过神来，斯科特搂着威尔逊永远地睡着了……哦，勇士！你们忙乎了多日连命都丢在了这里，此行的意义何在，连你们自己都惶惑了。但我要称呼你们“勇士”！对了，那边一位是谁？他也永远地睡在这个小小的帐篷里了。

魔法屏幕上显示，他叫亨利·鲍尔斯，28岁。

“伟大的悲剧。”我无法再说出其他任何一个词，仿佛所有的语言也都被冻结了。

久久沉默，坐上魔法车我不知道该往哪里去，魔法车在空中打转。

“忧郁的日子里需要镇静；相信吧，快乐的日子将会来临。”魔法车里响起普希金的诗句。哦，该死，怎么镇静？如何快乐？

“一切都是瞬息，一切都将过去……”也许吧，时间会带走一切伤痕，如果可以，我真想做一株植物，没有痛，多好。

突然我的魔法车在一个院子的角落停住了。

一棵小桃树，长得很猥琐，不，是委屈。叶子稀稀疏疏的。它竟然开花了，尽管花瓣很惨白，很单薄，没有一点肉感。奇怪的是，我的眼前竟然晃荡着“落日六号”上的那个女孩的脸，还有南极白茫茫的雪原。我闭了闭眼，摇了摇头，努力把自己拉回来。咦，刮风了，哦，雨点落下来了。台风“烟花”携带的雨下到了这里。小桃树头开始摇起来了，为数不多的桃花开始掉落了，它在风里苦涩地笑着。风越来越大，桃树俯下去，又挣扎着起来；俯下去，又挣扎着起来。一片一片桃花剥脱了，我不忍心去看，再回过头，却见那树的顶端，一个欲绽的花苞，抖着满身的雨水，几次要掉，又终于没掉……

我的眼里蓄满泪，因为我听到了小桃树在说话：“忍住！要忍住！”

这声音怎么这么熟悉？像是我朋友的，也像是我的。“走！”我听不下去了，魔法车开进了一片深紫的瀑布。

跟刚才一样，这里少有人来，也不见蜂蝶，所不同的是一片紫花开得相当盛。它们推着挤着，一串挨着一串，一朵接着一朵。

“我在开花！”它们在笑。

“我在开花！”它们嚷着。

听着，看着，我的心里松动了好多。可我仍然惦记着那棵小桃树。桃花、紫藤萝，惨白、深紫，竟然随着我的意念同时在魔法车的上空旋转，又长成一棵悬空的奇异的树，慢慢冒出一朵朵紫里有白、白里又有粉的叫不出名字的花来，每一朵花俏立枝头，在深情吟唱：“花和人都会遇到各种各样的不幸，但是生命的长河是无止境的……”

歌声渐渐淡去。

哦，这里看上去好美，新月一弯，白色的花瓣随风飘洒，莫不是到了仙境？魔法屏幕上显示了三个字：哀牢山。

是梨花？可不是嘛，那边一定有个小木屋。怎么这个地方的人穿得跟我们不一样？对哦，是少数民族。这是那位瑶族老人，提着一杆明火枪，肩上还扛着一袋米。那边那位肯定是那个哈尼族的小姑娘了，红润的脸上有两道弯弯的修长的眉毛和一对晶莹的大眼睛。他们一起走向那个木屋，一座草顶、竹篾、泥墙的小屋，经历了十多年还是那么结实，那么物资充盈，真的令人赞叹。听到瑶族老人正跟屋内的老余他们交谈呢——

“过路人受到照料，都很感激，也都尽力把用了的柴、米补上，好让后来人方便。我这次是专门送粮食来的。”

月色下，人们的每一声笑声都附在梨花瓣上，飘向山的远处。有一瓣竟然飘进我的魔法车，我吹了一口气，它竟然像一个商标贴在了魔法车上，还挺别致。太神奇了！

利他就是最好的利我，那个日本的老人稻盛和夫也一直这么说。这次，我亲见了。

接下来要去的地方有点远，但是我还是想去，魔法车显示能量不足，但是庆幸的是，可以按照操作指示为魔法汽车续能量——通过连续答题。

“吁——”我长吁了一口气，“来吧——”

“字不一定要写得好，但必须得使人一看了就认识，青年人都太忙了……他自己赶快胡乱写完了事，别人看了三遍五遍看不明白，这费了多少工夫，他不管。反正这费的工夫不是他的。这存心是不太好的。”我正共鸣着说话人的观点，唉，得让我们的学生多听听，突然程序传出指令：“请说出刚才这段话是谁说的。”

几乎没停顿，“鲁迅”两个字从嘴里蹦出来。绿灯闪了，能量多了一格。我偷笑，这个还是萧红告诉我的。

“秩序不在我的范围以内。这是谁说的？”

啊？就一句话？谁说的，谁说的？很熟悉又记不清了。就是那个桌上很乱，忙着工作的，不下楼的，对对，“‘何妨一下楼’的主人——闻一多！”能量又多一格，耶！

“奥本海默是一个拔尖的人物，锋芒毕露。他二十几岁的时候在德国哥廷根镇做波恩的研究生。波恩在他晚年所写的自传中说研究生奥本海默常常在别人做学术报告时(包括波恩做学术报告时)打断报告，走上讲台拿起粉笔说：‘这可以用底下的办法做得更好……’我认识奥本海默时他已四十多岁了，已经是妇孺皆知的人物了，打断别人的报告，使演讲者难堪的事仍然时有发生。不过比起以前要少一些。佩服他、仰慕他的人很多，不喜欢他的人也不少……”奥本海默如果生在我们的周围，“太强势了”“太嚣张了”“太不知天高地厚了”“情商太低了”……我估计这样的标签不知道要被贴多少个了。是要问作者吗？我知道：杨振宁。“杨振宁”三个字憋在嘴巴里，只等问。程序继续它的：“邓稼先则是一个最不要引人注目的人物。和他谈话几分钟，就看出他是忠厚平实的人。他真诚坦白，从不骄人。他没有小心眼儿，一生喜欢‘纯’字所代表的品格。在我所认识的知识分子当中……”这道题目也太长了，我开始抱怨，不过我已经知道答案咧。这时却听程序问道：“你怎么看待奥本海默和邓稼先这两种生命状态？”

怎么说好呢？我还在想着措辞，因为我知道这种程序对答题的要求很高，不允许拖沓和过多停顿。

我还想再想一会儿，倒计时开始了："五四三二……"

"那个，"抢在程序念出最后一个数字前我开口了，尽量保持镇定，我知道如果这个题目答错，前面的能量不仅要还回去，还要倒扣，那时别说我要去的地方去不了，连回去的路也不要想了。拼了！"奥本海默个性张扬，他只管对错，不太管人情；邓稼先内敛低调，他毫无私心，真诚待人……"程序没有给出差评，我稍稍放松了一点，继续说，"这是两种完全不同的生命形态，不能简单地说对和错，只能说不同的文化背景培养了不同的生命状态的人，奥本海默的成长背景对他表现出了巨大的宽容，而中国的文化背景培养了邓稼先……但是有一点是共通的，那就是这两位都是在技术上'拔尖'的人，业务上严谨的人……"眼睛瞥见能量在持续上升，看来大题目给的"分"也很多哦，"还有，人无完人，不要以完美的标准看人，这个出发点本身就是不对的。往大了说，能够给人类带来贡献，往小了说……"我越说越兴奋了。程序提醒："已经足够，再说扣分。"

赶紧闭嘴不言。其实我还想说，大多数人的性格中既有奥本海默又有邓稼先，还想举例说我身边的人，说我自己。没想到程序嫌我啰唆，哇，平时总以为自己不能说，怎么一说就停不了了？教师的"德性"就这么暴露了。

唉，奇怪，能量不是加过了吗？怎么魔法车越飞越低了？简直贴着地面了。

一个车夫，眼睛似乎不太好使，拉着的明明是个货车，怎么上面还坐个老者？还有一个行走的女人在旁边护着车，神情凝重，她一再询问："老王，你可以吗？……"又一个车夫，光头，拉着黄包车，脸上被驴啃过似的，一脸愠气，不远处还有个女人扶着门框在骂他：“你个死骆驼！死骆驼！死骆驼！……”

啊，怎么回事？魔法车疯狂在旋转，豁一下弹上了高空。

我滴（的）个神啊，原来泼妇的大嗓门竟能推动魔法车升天，我还得感谢她不是？

车定住的时候，我一看就知道这是我要来的地方——老山界。

我等的人还没有来，他们毕竟车马太笨重了。其实我也没有等具体的哪个人，而是等——哦，终于满天星光起来了，火把也亮起来了。是他们！看不到人的脸，只听见响亮的声音：“不要掉队呀！不要落后做乌龟啊！哇，我们顶着天啦！哈哈哈！”

这笑声真有感染力，我全身的每一个细胞都舒畅起来。突然，魔法车显示，我此行所剩的时间不多了，30分钟的魔幻之旅，只剩最后的五分钟了，我要回去了……火光越来越模糊了，老山界也化成了一个小点，终于看不见了。

我想着还要去哪里，毕竟还有五分钟啊，不能浪费。难得出来一趟，还是神奇之旅。思来想去间，不好，死胖子“烟花”来到了面前，“我的魔法！”魔法一点也使不出来，着急间，一只胖手携着黑压压的云雾，瞬间感觉连人带车被拢住了，像被摁在了水底，连呼吸都几乎没有了。砰！车摔在了一座古式的庭院中。

魔法车在冒烟，完了，完了，死定了！

那边的窗口有一丝红光，我匆匆走过去，想寻求点帮助。

但见一位着古装的儒雅男子正手拈棋子，端坐灯下沉吟：“有约不来过夜半，闲敲棋子落灯花。”

哦，原来是那浙江永嘉的诗人赵师秀也。这里是南宋？赵师秀的年代，李清照已经不在了。有点恍惚。

“有约不来过夜半……”诗人有点耿耿于怀。

“不来拉倒！”我像是跟谁生气似的，出了一声。

“谁？谁在外面？”啪，棋子落下，里面的人站起身来。

刚要答话，脑子猛地一抽搐——来时就被郑重警告：若有人听到你的声音或者看到你，你就永远回不去了……

回不去了，回不去了，啊，不！芊还在家里呢！

……

醒来，躺在一张床上，窗外还在下雨，“烟花”还在缓步走来。

芊坐在旁边看着书，电视开着，《永不者》里面一辆车在飞驰，我的魔法车？

身下什么东西硌人，抽出来一看——七年级下册语文书，翻在自主阅读推荐《哈利·波特与死亡圣器》那页：“九又四分之三站台停靠的列车，载着一群霍格沃茨魔法学校的学生，驶向既精彩纷呈又险象环生的旅程……”

后 记

要走多远的路，才能又遇见你

经年累月复制他人
我试图了解我自己
内心深处我不知何去何从
无法看到只听得我的名字被唤起
就这样我走到了外面

——鲁米

工作之初，我的一个要好的同学说，做老师过着一眼望到头的生活，有什么意思？

我那时如果能“望”到多年后我会到广东工作，到苏州工作，也一定很惊骇吧？

生活像一条河流，谁也不知道河流会在哪里转向。

我的内心深处从来没有给自己规划过什么人生路线，但是我一直知道什么样的人生是我不喜欢的。

当生活开始周而复始，我感觉内心没有充实感的时候，恰巧有一个选择的机会来了，我像一条瀑布，纵身一跃，层层岩石划破了我的身体，飞溅起一道水雾，疼痛，飞升。

有多少次，我也问我自己：为什么？

得到的永远都是这样的回答：想要遇到更好的自己。

在哪里遇见过更好的自己？在梦中。

我试着伸手去触摸那个更好的自己：坚毅而温柔的眼神，挺拔自信的身姿，充满魅力的笑靥，从容果敢的判断，整个人的状态充满松弛感……

这样的自己就那么匆匆地从眼前飘忽而过，接下来漫长的时间，就是我去找寻她的过程。

我是一个路盲，走了几遍的路经常找不到方向，我也没有特意地规划路途，我就带着这样的我上路了；经历过一次又一次的原地打转，经历过一次又一次的沉没海底，经历过一次又一次的大雨滂沱……每一次，觉得实在熬不住的时候，就颤颤巍巍敲打文字来梳理自己，就像一只在大雨中迷失方向的落单的鸟，噙着眼泪，躲在一棵大树下梳理自己的羽毛，当独属于自己的语言密码浸润我心灵的每一个角落时，我感觉又熬过了一劫，于是等待晴空准备再次缓慢飞翔。

文字对我的意义在这个时候就显得异常重要；而当我静下来把自己交付给文字的时候，我的世界里只有一棵安安静静的树，我也只是树上的一枚安安稳稳的叶子。

付出不亚于任何人的努力
要谦虚，不要骄傲
要每天反省
活着，就要感谢
积善行，思利他
不要有感性时的烦恼

稻盛和夫的文字从我的心头流淌过。

不要等到事情
清晰了以后再去做
不去做就永远清晰不了
在做的过程中才会
逐渐清晰起来

周国平的文字从我的心头流淌过。

给自己时间，不要焦虑
一步一步来，一日一日过
请相信生命的韧性是惊人的
跟自己的心去合作
不要放弃对自己的爱护

林清玄的文字从我的心头流淌过。

可以这么说，读书写作帮我抵挡了很多嘈杂，很多纷繁，它让我在淤积堵塞的泥滩上或者急湍猛进的河流中能够在自己的世界里停一停，喘一口气，然后背上行囊继续往前。

不知什么时候，我看待世界的眼光变了，我不再把眼光向外，我开始关注自身，每天都开启对心灵的反观察，一边把自己撕裂，一边又迅速地在破碎的地方缝缝补补。

一路走来，特别感恩我的师父王君老师，没有她一步一步的鼓励和引导，我没有向外踏出一步的胆量；感谢“语文湿地”创始人东哥，尹东老师，每一个关键节点的照拂像春天里的一只手拉我出泥淖；感谢我现在的校长黄厚江老师和徐飞老师对我无微不至的关心和业务上的指导，每天看到他们忙碌而有序的身影，我就凭空多了一分力量；遇到华应龙老师和夏立君老师真是另一种生命的馈赠，他们用他们的矫健身姿告诉我怎么走好每一步路。还有聂德琴老师、沈文涛老师、曹茂昌老师……

一路走来，我还要感谢我生命里最重要的那一棵老树。在我生命的每一个时刻，这棵老树都陪伴着我，我在最无助的时候会喜欢拥抱那棵树，他能帮助我停住踉跄的脚步，理顺我杂乱的心绪。

是以，我总觉得我前生是这树上的一枚叶子。

是以，我把前半生的文字结集，名为《世界真好，因为有你》。

俞春霞

写于扬州明月湖畔

2024 年 7 月 18 日

我喜欢……

我喜欢对着头顶的一只低飞的鸟儿
挥动双手致意：
嗨，早上好！
然后目送它缓缓离去的翅膀
我喜欢看莲叶中一两条调皮的鱼儿
时不时地蹿出
惊起一串串飞溅的湖的浪
我喜欢一只猫和一只狗
互咬着尾巴嬉戏
随舞动的人群在音乐里流淌
我喜欢一群热气腾腾的男人

赤膊着上身在风里迈着整齐的步伐

任汗水滑落脸庞

我喜欢撑着伞或者干脆不撑

在雨中散步或者狂奔

没有急着要奔赴的终场

我喜欢广袤的天空一大片一大片地呈现

大得足够容下我的深情

容下我凌乱的脚步

和并不优美的歌唱

我喜欢心无挂碍地

走在尘世

听自己安静的脚步声响

风起，是谁的手掠过

一片叶的忧伤